La promesse d'un hiver

SUSAN MEIER

La promesse d'un hiver

Traduction française de
ANNE DAUTUN

AZUR

HARLEQUIN

Collection : Azur

Titre original :
ONE-NIGHT BABY TO CHRISTMAS PROPOSAL

HARPERCOLLINS FRANCE
83-85, boulevard Vincent-Auriol, 75646 PARIS CEDEX 13
Service Lectrices — Tél. : 01 45 82 47 47 - www.harlequin.fr
ISBN 978-2-2804-9171-6 — ISSN 0993-4448

Composé et édité par HarperCollins France.
Imprimé en octobre 2023 par CPI Black Print (Barcelone)
en utilisant 100% d'électricité renouvelable.
Dépôt légal : novembre 2023.

FSC
www.fsc.org
MIXTE
Papier issu de sources responsables
FSC® C159065

Pour limiter l'empreinte environnementale de ses livres, HarperCollins France s'engage à n'utiliser que du papier fabriqué à partir de bois provenant de forêts gérées durablement et de manière responsable.

1

Existait-il une situation plus gênante que d'être enceinte d'un homme qui aurait préféré ne pas avoir couché avec vous ? Eh bien, oui ! Lorsque cet homme était votre patron. Et votre ami d'enfance, qui plus est.

Eleanora DeLuca fixa le bâtonnet du test de grossesse, hésitant entre incrédulité et affolement.

Le 24 août avait été le plus beau jour de sa vie, la fête d'inauguration de l'hôtel dont elle était la directrice, un palace de Rome qui faisait partie du Grand York Hotel Group – le tout premier lieu d'accueil international de la chaîne hôtelière qui marquait l'ouverture d'un nouveau chapitre de son histoire. C'était un honneur d'avoir obtenu ce poste, d'avoir pu imprimer sa marque, et Eleanora avait elle aussi sablé le champagne pour célébrer l'événement.

Mais le meilleur de la soirée était d'avoir enfin conquis son ami de longue date et béguin de toujours, Marco Pearson, son patron et l'un des propriétaires du groupe hôtelier. Ils s'étaient embrassés en montant vers la suite réservée pour elle cette nuit-là, où ils avaient fait l'amour comme deux êtres assoiffés de désir. Pourtant, le lendemain au réveil, elle s'était retrouvée seule.

Quand elle était descendue dans son bureau du

rez-de-chaussée, on lui avait appris que Marco était reparti à Manhattan. Et quand il avait téléphoné quelques jours plus tard, c'était pour lui dire qu'ils avaient commis une erreur en couchant ensemble. Non parce qu'elle lui déplaisait, tout au contraire. Mais leur amitié durait depuis plus de vingt-cinq nans et il ne voulait pas la perdre. Ils devaient redevenir amis et rien de plus.

Eleanora ferma les yeux. Dire qu'elle était enceinte de son patron ! Et qu'il regrettait d'avoir couché avec elle !

Marco était intelligent, avisé et sophistiqué, le genre d'hommes qui sortait avec des stars de cinéma et des influenceuses. Et elle portait son enfant ? Quelque chose ne tournait pas rond dans ce monde ! pensa-t-elle en laissant échapper un gémissement.

Son téléphone sonna sur la table de nuit : Marco ! Prenant une profonde inspiration, elle répondit.

— Bonjour, Marco.

— Qu'est-ce qu'il y a ? J'ai essayé de te joindre sur ta ligne professionnelle et tu n'as pas décroché.

Elle l'imagina sans peine à sa vaste table de travail dans son bureau de Manhattan, au siège social du Grand York Hotel Group. Ses cheveux noirs étaient bien coiffés. Grand et athlétique, il avait l'air du parfait homme d'affaires, dans son costume sombre agrémenté d'une cravate discrète. Mais elle avait vu ce que cachaient ces vêtements luxueux. Elle avait caressé ces muscles, promené la bouche sur ces pectoraux bien dessinés… Elle lui avait arraché des gémissements de plaisir…

Non ! Inutile de s'abandonner à la nostalgie : sa grossesse ne changerait rien aux sentiments de Marco.

D'ailleurs, si tel était le cas, voudrait-elle d'un homme

qui prétendait avoir commis une erreur en couchant avec elle et ne faisait que son devoir en acceptant l'enfant ? Non.

Quel gâchis ! Cela n'avait pas seulement des répercussions sur sa vie personnelle. Sa vie professionnelle aussi était concernée. Et pour le moment, elle n'était pas prête à se comporter en parfaite employée. Il lui fallait quelques heures pour s'adapter à sa grossesse avant de pouvoir parler affaires.

— Je ne me sens pas très bien, aujourd'hui, dit-elle.

— Désolé ! Tu es malade et je t'ennuie avec le boulot. Je vais raccrocher...

— Je me suis réveillée avec la migraine.

Elle laissa tomber le test de grossesse dans la corbeille, tout en grimaçant parce qu'elle venait de tricher. Jamais elle ne mentait ! Et elle ne mentirait pas à Marco au sujet de sa paternité. Or, on était déjà le 24 octobre, son deuxième mois de grossesse était entamé. Si elle ne lui disait pas dans la quinzaine à venir qu'elle était enceinte de lui, il remarquerait que son ventre commençait à s'arrondir, et tout serait encore plus compliqué...

Elle devait lui parler... mais pas aujourd'hui. Elle n'était pas encore prête à affronter la vérité.

— Je vais prendre un ou deux comprimés et aller au bureau dans une heure. Tu pourras me rappeler à ce moment-là, dit-elle.

— Tu es bien sûre que ça ira ? Tu n'as pas besoin de voir un médecin ?

Elle s'étonna qu'un homme aussi observateur et attentionné ne perçoive pas sa dérobade. Mais elle et Marco se connaissaient depuis toujours. Il réagissait en ami plutôt qu'en patron, et son inquiétude prenait forcément le dessus sur le reste.

— Oui, j'en suis sûre. Je serai au bureau dans une heure. Nous pourrons discuter de ce que tu voudras.

— Je voulais seulement te rappeler que je serai à Rome la semaine prochaine.

Eleanora étouffa un gémissement, mais ne put pas dompter l'appréhension qui perçait dans sa voix quand elle répondit :

— Oh ! je ne l'ai pas oublié.

Marco le remarqua sans doute, et se mit à rire.

— Cela ne te ressemble pas de redouter une visite du big boss. Je suis sûr que tout est impeccable et que les couverts en argent étincellent. J'ai peine à imaginer que tu puisses avoir le moindre sujet d'inquiétude.

« Seulement ma grossesse. »

Cette discussion attendrait. Elle avait une semaine pour décider ce qu'elle voulait faire, ce qu'elle voulait dire et comment le dire.

— Au revoir, Marco. Si tu as besoin d'autre chose, je serai disponible d'ici une heure.

— N'oublie pas de prendre des antalgiques.

Elle grimaça.

— Promis.

Marco Pearson raccrocha en fronçant les sourcils. Jamais Eleanora ne lui avait paru aussi... peu professionnelle que lors de cet appel. Il se renversa dans son fauteuil et le fit pivoter vers le panorama époustouflant sur Manhattan qui s'offrait à la vue.

Depuis la soirée d'inauguration du Grand York Rome, il revivait, par flashs, leurs moments ensemble. D'abord leur danse dans la salle de bal. Puis leur montée, au pas de course, du grand escalier chantourné. Ensuite, une vision d'elle, nue sur les draps blancs. Ses cheveux auburn répandus sur l'oreiller. Ses yeux verts étincelants. Sa peau douce…

Jamais il n'avait autant désiré une femme. Mais c'était une erreur d'avoir couché avec sa meilleure amie. Eleanora et lui se connaissaient depuis l'enfance. Ils avaient traversé ensemble leurs années de lycée. C'était elle qu'il avait engagée quand son père lui avait confié la direction du Grand York, l'été qui avait suivi l'obtention de son diplôme. Elle l'avait aidé à gravir les échelons, soutenu pendant son deuil, alors que sa mère venait de décéder dans des circonstances traumatisantes.

Lui, de son côté, avait favorisé sa carrière, guettant les possibles promotions. De plus, leurs pères respectifs étaient amis. Un homme intelligent et avisé ne compromettait pas une relation aussi ancienne pour une nuit d'amour !

Ils avaient partagé leurs secrets et leurs rêves, et s'ils s'engageaient dans une liaison, la rupture pourrait s'avérer explosive… Car ils finiraient par rompre, c'était certain. Aucun d'eux n'avait d'antécédents favorables sur le plan sentimental. Eleanora échouait toujours avec les hommes et pour sa part, il ne croyait pas à l'amour éternel. Cela faisait de lui un partenaire qui ne vaudrait rien de bon à Eleanora. Il s'était juré depuis longtemps de garder sa liberté. S'il laissait perdurer ce qui s'était produit entre eux, cela pourrait détruire sa carrière à elle et nuire gravement à la sienne. Il y avait pire : leurs pères pourraient s'impliquer. Seigneur ! Il ne permettrait pas que cela arrive.

Quelques jours après cette fameuse nuit, il avait dit à Eleanora qu'ils ne pouvaient pas aller plus loin et elle l'avait accepté. Il comptait maintenant réparer les pots cassés lors de sa visite à Rome, lui prouver que rien n'avait changé entre eux. Qu'ils étaient toujours amis, et le resteraient.

Marco termina la semaine en réglant tout ce qui devait l'être avant son départ pour Rome, tard dans la nuit de lundi. Alors qu'il franchissait la passerelle du jet privé familial, une vague inquiétude le gagna.

Il n'y avait eu, dans les tabloïds, aucun article prétendant qu'il s'était donné en spectacle le soir de la grande inauguration à Rome. Il ne lui était revenu aucun commérage d'employé au sujet de sa conduite inappropriée. Car il n'avait rien fait pour éveiller les soupçons. Danser avec Eleanora n'allait mettre la puce à l'oreille de personne. Pas plus que le fait d'avoir monté en courant l'escalier avec elle. Tout le monde les savait amis, et c'était une soirée de fête. Tous avaient bu un peu trop de champagne, dansé et ri, s'étaient bien amusés.

Les invités de l'hôtel n'avaient vu que deux amis qui partageaient un moment de détente. Personne n'aurait pu deviner qu'ils étaient allés ensuite dans la chambre d'Eleanora pour une étreinte torride.

Mais rien de tout cela n'avait d'importance. S'il s'inquiétait, c'était au sujet de leur amitié. Eleanora avait prétendu qu'il lui était égal de faire comme s'il ne s'était rien passé entre eux. Et si ce n'était pas le cas en réalité ? Leur récente conversation téléphonique lui revint en mémoire. Eleanora n'était pas sujette aux migraines. Si elle avait voulu éviter de lui parler ?

Marco prit place sur son siège et boucla sa ceinture en

grimaçant à cette idée. Il était tout à fait possible qu'elle soit perturbée, et ait fait semblant de ne pas l'être pour préserver la paix entre eux et protéger son travail.

Comme prévu, il dormit pendant le long vol et ne s'éveilla que lorsque le pilote annonça en cabine qu'ils allaient bientôt atterrir. Il vit qu'il était près de midi en Italie. Non sans un bâillement, il rassembla ses esprits alors que le jet touchait terre.

Descendant la passerelle au pas de course, il porta le regard sur la limousine noire en attente. Il haussa les sourcils en voyant Eleanora appuyée contre la carrosserie, près de la portière arrière. Elle s'en éloigna en le voyant venir.

— Bonjour.

— Bonjour à toi aussi.

D'habitude, elle le saluait d'un sourire, mais aujourd'hui, elle ne suivait pas le protocole habituel. Elle ne l'avait pas averti qu'elle viendrait l'accueillir, et il supposa qu'elle désirait l'entretenir en privé. Rien que de très normal de la part d'une directrice d'hôtel.

Ou d'une femme qui voulait avoir une franche explication avec lui.

Même s'ils avaient fait l'amour d'un commun accord, il était le patron, et censé être assez avisé pour ne pas se laisser séduire ou séduire une employée. Eleanora n'allait pas le poursuivre en justice, certes. Mais elle pouvait mettre fin à leur amitié. Il devrait alors d'en expliquer avec son propre père. Lequel pourrait avoir à affronter les questions de la famille DeLuca…

Il espéra qu'elle désirait seulement parler de l'hôtel.

Le chauffeur ouvrit la portière arrière, et Marco, d'un geste, engagea Eleanora à monter avant lui.

— Qu'est-ce qui me vaut le plaisir de ta présence ?

— Il faut que nous discutions et je voulais un peu d'intimité.

Il s'attendait à ça, et songea aussitôt à la grande soirée d'inauguration, à leur merveilleuse nuit d'amour... Mais il réprima bien vite sa réaction virile. La *directrice* de son hôtel voulait sans doute parler boulot.

Il prit place dans la limousine. Quand Eleanora fit monter la vitre de séparation, avant de lui adresser un sourire maladroit, il se raidit. Il ne lui permettrait pas de sacrifier leur amitié !

— Je suis enceinte, Marco.

Le choc fut tel qu'il la fixa, stupéfait.

— Quoi ? lâcha-t-il alors que la limousine commençait à rouler sur le tarmac, vers la voie de sortie de l'aéroport.

— Tu voulais qu'on oublie cette nuit-là, je sais bien... et je t'assure que j'aurais pu y arriver si c'était ce que tu voulais...

Il la dévisagea. Comment ça, ce qu'il voulait ? N'avait-elle donc pas voulu oublier, comme lui, qu'ils avaient couché ensemble ? À quoi s'était-elle donc attendue ? À ce qu'ils entament une liaison ?

Il se secoua, revenant à la réalité. Rien de tout cela n'avait d'importance ! Elle était *enceinte*. La façon dont il gérerait ça pouvait déterminer l'avenir de leur amitié...

Et de leur relation de travail ! Cette grossesse allait se dérouler sous les yeux des employés du Grand York Rome et de ceux du siège social. Il y aurait des blagues, des taquineries, des bruits de couloir...

Une fois encore, c'était sans importance. Il pouvait encaisser quelques plaisanteries. Et Eleanora aussi. Mais l'heure était à la franchise. Ils devaient se montrer aussi honnêtes l'un envers l'autre qu'ils l'avaient toujours été. Il prit une profonde inspiration.

— Tu attends... un bébé... murmura-t-il, en pleine confusion.

— Oui.

Comme engourdi, il fut assailli par une foule d'images accablantes : biberons, balançoires, cour d'école, adolescence... Choses auxquelles il ne pensait jamais parce qu'il n'avait jamais envisagé de devenir papa !

Un silence s'installa. Il ne savait pas pourquoi Eleanora se taisait, mais il se doutait qu'elle devait avoir les mêmes pensées que lui. Et de toute évidence, ils n'avaient pas de réponse, ni l'un ni l'autre.

S'il s'était inquiété des conséquences de leurs ébats sur leur amitié, le fait de devenir parents était porteur d'une infinité de conséquences encore plus graves. Tout à coup, la nécessité d'un mariage s'immisça dans son esprit, qui s'y refusa avec véhémence.

Marié ? Ce n'était pas lui, cela ne lui correspondait pas ! En premier lieu, sa liberté lui permettait d'être le dirigeant dont la chaîne hôtelière familiale avait besoin. Par ailleurs, il avait vu son père rongé par le chagrin, après la mort de sa mère, et devenir quelqu'un de tout à fait changé. Même un amour aussi fort que celui de ses parents, qui semblait voué à durer toujours, s'était achevé à la disparition de sa mère, preuve qu'il n'y avait pas de bonheur éternel. Il fallait être fou pour le croire.

Mais Marco connaissait Eleanora. Elle rêvait d'un grand amour, même si cela impliquait une désillusion tôt ou tard, et croyait aux contes de fées. Il ne lui demanderait pas de l'épouser, non seulement parce qu'il ne croyait pas au mariage, mais aussi pour qu'elle reste libre. Comme lui.

D'autres pensées envahirent son esprit. Il devrait engager une nounou, par exemple. Les nounous travaillaient-elles à temps partiel ? Juste pour les gardes partagées ? Pourrait-il conserver son appartement en terrasse ? Et comment diable sécurisait-on un appartement, pour un bébé ?

Il ferait un si mauvais père !

Le trajet était bref, et ils pénétrèrent dans le Grand York Hotel de Rome sans avoir échangé un seul mot supplémentaire.

Marco enveloppa du regard les hauts plafonds du hall et la réception, avec son élégant guichet de cerisier sombre impeccablement ciré. Puis ses yeux se posèrent sur le magnifique escalier circulaire qui menait à la mezzanine, et la suite d'ascenseurs desservant les suites somptueuses. Il se rappela le soir où il avait grimpé en courant cet escalier avec Eleanora et, crut presque entendre leurs rires résonner dans les couloirs déserts…

Les réceptionnistes les saluèrent, un chasseur porta la main à sa casquette. Grande et gracieuse, Eleanora se tenait droite dans son élégante robe blanche et ses escarpins marine, ses cheveux auburn dansant sur ses épaules. Elle semblait tout à fait calme.

Contrairement à lui, elle avait eu le temps de se faire à la nouvelle. Les enjeux étaient trop importants pour qu'il ne veuille pas réfléchir à tout cela avant de poursuivre leur conversation.

Il remercia la réceptionniste qui lui remettait la clé de l'appartement en terrasse privé, puis entraîna Eleanora à l'écart avant de lui dire à voix basse :

— Désolé de t'abandonner maintenant, mais ce que tu

viens de me dire était la dernière chose que je m'attendais à entendre.

Consciente de la présence assez proche des employés, elle ne répondit pas, se contentant d'incliner la tête pour indiquer qu'elle comprenait.

— Je ne serai pas au bureau cet après-midi, mais dans ma chambre. S'il te plaît, n'en prends pas ombrage. J'ai besoin de digérer ça. Nous discuterons plus tard. Je te fais signe...

Là-dessus, il gagna l'ascenseur, y entra, pianota le code de la suite en terrasse et disparut.

2

Quelques heures plus tard, Eleonora passa une robe noire qui soulignait discrètement ses formes. Elle fronça les sourcils quand elle se vit dans le miroir. Sa taille de guêpe, dont elle était si fière, son corps voluptueux mais entretenu avec soin allaient bientôt s'épaissir alors que son bébé grandirait en elle.

Eleanora s'intima de ne pas s'affoler. Elle en était à un tout petit peu plus de huit semaines de grossesse et son ventre restait plat. Elle n'avait toujours pas de nausées matinales. Personne ne pouvait deviner qu'elle était enceinte.

Mais quand ça se saurait, les commérages iraient bon train… Elle secoua la tête. Le problème se poserait en temps et en heure. Pour le moment, à moins qu'elle ou Marco ne commette une imprudence, il n'y aurait pas de ragots.

Ayant chaussé des lunettes de soleil, elle se rendit dans le hall d'une démarche assurée, presque légère. Elle avait des mois devant elle avant que sa taille s'épaississe, et plus de temps encore avant de devoir prendre un congé, mettre le bébé au monde, trouver une nounou. Elle devait savourer ces mois-là…

Oui, pour garder le travail qu'elle adorait, elle aurait

besoin d'une nounou. D'un appartement plus grand aussi, éventuellement. Elle devrait choisir d'allaiter ou pas. Il y aurait les biberons et les couches, le baby-phone…

L'annonce à ses parents.

Elle eut soudain du mal à trouver son souffle. Le moment était mal choisi pour programmer et examiner toutes les choses à prévoir, si grande envie qu'elle en eût. Aujourd'hui, elle devait parler avec Marco, voir comment il réagissait à la nouvelle, répondre à ses questions.

Debout près de la réception, les yeux sur l'écran de son mobile, Marco ne remarqua pas sa présence. Mais elle le vit, elle. Comme à chaque fois qu'elle l'apercevait, elle eut un coup au cœur. Mais ses sentiments étaient différents, désormais, à la fois plus forts et plus tendres.

Le cœur battant follement, elle se rappela qu'elle devait se maîtriser et, la tête haute, se dirigea vers l'aire de réception. Marco ne leva les yeux qu'à l'instant où elle fut près de lui, et tressaillit.

— Oh ! Eleanora !

Elle retira ses lunettes de soleil.

— Qu'est-ce qu'il y a au programme ?

— Beaucoup de choses. Mais tout d'abord… as-tu pris ton petit déjeuner ?

Cela la dérouta. Tout comme le calme qu'il affichait. Alors qu'elle était aux prises avec son désir de l'enlacer, de l'embrasser, il s'inquiétait de nourriture ?

— Non, je n'en prends pas d'habitude. Mais si tu veux commencer notre discussion au restaurant, je t'accompagne.

— Tu as besoin de prendre un petit déjeuner.

— Je n'ai pas faim.

Il dit en baissant la voix :

— Et si le bébé a faim, lui ?

Elle en resta saisie. Il ne fallait surtout pas qu'un employé entende leur conversation ! Elle l'entraîna à l'écart de la réception.

— Qu'est-ce qui te prend ?

— Rien, je... tu sais bien... je veille sur toi.

Le geste était adorable, bien dans l'esprit du Marco qu'elle avait toujours connu. Mais elle n'avait aucune envie qu'il la dorlote. S'il se montrait trop gentil, trop bienveillant, elle tomberait amoureuse de lui. Éperdument.

— Pour commencer, je sais m'occuper de moi toute seule ! Et ensuite, l'endroit est mal choisi pour parler de ça. Allons prendre un café.

Elle l'entraîna sur la gauche, dans le restaurant, où des fauteuils en acajou entouraient les tables rondes nappées de lin blanc. Gino, le maître d'hôtel, les salua.

— Bonjour !

— Bonjour, Gino, lui répondit-elle aimablement. Nous aimerions nous installer là-bas, où les tables sont encore libres, M. Pearson et moi. Et ne placez personne autour de nous, pour l'instant, je vous prie.

— Bien, madame, dit Gino en les menant à une table.

Il promit, quand ils furent assis, de leur apporter une cafetière. Eleanora lui sourit, et le laissa s'éclipser.

— Tu ne peux pas boire de café, dit Marco.

Elle eut un soupir.

— As-tu lu tous les articles en ligne sur la grossesse ?

— Il n'est pas interdit de se renseigner un peu.

De retour, Gino disposa sur la table un service à thé en argent et deux délicates tasses et soucoupes en porcelaine.

Marco commanda des œufs, du bacon et des toasts. Eleanora, un verre d'eau.

Après le départ du maître d'hôtel, ce fut Marco qui poussa un soupir.

— Tu dois manger !

Il était certes l'homme le plus sexy et le plus attentionné du monde, et en le voyant se soucier d'elle, curieusement, elle le trouvait encore plus sexy. S'intimant de se concentrer sur l'objet de leur conversation, elle s'adressa de nouveau à lui.

— Selon mes informations, je dois garder mes habitudes alimentaires. Quand le bébé en aura besoin, mon appétit augmentera.

Il se rembrunit.

— Si tu m'as jugée capable de diriger ton premier hôtel international, tu devrais pouvoir me faire confiance pour mes repas, il me semble ! ajouta Eleanora en tendant le bras vers la cafetière et en remplissant une tasse. Et je me suis renseignée, je peux boire une tasse de café par jour. J'ai cependant décidé de m'en abstenir.

Elle remit la tasse à Marco.

— Excuse-moi, dit-il.

— Écoute, nous avons toujours été capables de séparer amitié et travail. Faisons de même pour ça aussi.

Les œufs au bacon de Marco arrivèrent tandis qu'elle buvait son eau. Un chasseur et une réceptionniste passèrent devant la paroi vitrée du restaurant. Même s'ils voulaient paraître décontractés, ils tournèrent la tête en même temps, allongeant le cou pour voir au-delà des premières tables…

Parce qu'elle était assise au fond avec Marco ? On chuchotait déjà à leur sujet, alors. C'était la première fois qu'ils se revoyaient depuis la grande soirée d'inauguration. Ils avaient été discrets, cette nuit-là, alors qu'ils avaient quitté la salle de bal pour grimper l'imposant escalier du hall, mais… et si quelqu'un les avait vus entrer ensemble dans la même chambre ? Dépliant sa serviette sur ses genoux, Marco refoula sa contrariété de voir qu'Eleanora ne mangeait rien. Elle avait raison. Elle était adulte, intelligente, et saurait faire ce qu'il fallait.

Elle posa son verre d'eau devant elle, se pencha sur son siège pour regarder à travers la paroi vitrée, dans le hall, au-delà de la réception. Sa petite robe noire dessinait joliment ses courbes, et sa pose attira son regard sur ses seins. Il se remémora les caresses qu'il lui avait prodiguées, la plaquant contre le mur près de la porte, dès leur entrée dans la chambre. Ce flash fut accompagné d'un élan de désir, et un frisson se propagea le long de sa colonne vertébrale. Faire l'amour avec elle avait été…

D'une sensualité folle.

Mais il n'était peut-être pas opportun d'y penser. Aussi se hâta-t-il de reporter son attention sur son assiette.

— Alors… pas de nausées matinales ?

— Pas encore, répondit-elle en se tournant vers lui.

— C'est une bonne chose.

— Oui.

Un silence s'ensuivit, et il perçut sa senteur. Du temps où ils étaient amis, il y prenait à peine garde. Mais là, ses nerfs olfactifs lui jouaient des tours. Dès qu'ils eurent capté son odeur, il sentit une myriade de sensations l'assaillirent. Plaisir. Bonheur. Faim et gourmandise. Ce n'étaient pas des visions de la fameuse nuit qui lui venaient, ni leurs paroles échangées, mais des sensations délicieuses, des sensations qui lui donnaient envie de…

Il faillit s'étrangler sur ses œufs au bacon. Que faisait-il donc, bon sang ? Eleanora était son amie. Ainsi que son employée et une amie de son propre père ! S'ils avaient vécu une nuit de passion – une erreur – il ne l'aggraverait pas en récidivant. Ces envies qu'il éprouvait… c'était mal.

Il but une grande gorgée d'eau, puis jeta un coup d'œil vers Eleanora.

— J'imagine que nous devons d'abord choisir le moment où nous l'annoncerons.

— J'ai décidé de garder le secret à l'hôtel tant que rien ne se verra, dit-elle après un ultime coup d'œil vers la porte. Mais je tiens à mettre mes parents au courant dès que possible.

— Dès que possible ? répéta-t-il en la scrutant.

— Il vaut mieux ne pas avoir de secrets avec ses parents. Tu devrais l'annoncer à ton père sans traîner, toi aussi.

À la mention de son père, il devint nerveux. Non seulement il lui fallait s'habituer à l'idée d'être papa, avec une femme qui travaillait pour lui et était son amie, mais il avait aussi promis à son père qu'il passerait les vacances de Noël avec lui, à partir du 23 décembre. Il ne voulait pas que ces Fêtes de fin d'année – les premières depuis trois ans avec son père et sa sœur – soient gâchées par la nouvelle de ses ébats avec Eleanora. Elle avait raison. Il devait l'annoncer le plus tôt possible…

En anticipant la scène – la déception de son père et sa volonté de le voir épouser Eleanora, qu'il aimait comme sa propre fille –, Marco se sentit dépassé. Il n'avait aucune envie de devoir expliquer qu'il ne voulait pas se marier parce qu'il ne croyait pas à l'amour. Depuis la mort de sa mère, son père partageait sûrement ce point de vue. Mais Marco ne voulait pas avoir à prononcer de tels mots, à évoquer le deuil qui pesait sur eux chaque jour. Il avait eu une mère merveilleuse, un véritable don du Ciel, et sa perte, dix ans auparavant, l'avait dévasté.

Tout de même, il devait pouvoir annoncer la nouvelle à son père sans que le mariage entre dans l'équation, non ? Il devait peut-être attendre de s'être fait à l'idée pour tenter de lui expliquer les choses ?

— Je crois que j'ai besoin d'encore un peu de temps avant d'en parler à quiconque.

— Je comprends.

— Et moi, je voudrais que tu ne comprennes pas ! dit-il, agacé de la voir aussi calme et maîtresse d'elle-même. Je voudrais que tu sois aussi nerveuse et bouleversée que moi, ou au moins, aussi retournée !

Eleanora lui sourit.

— Qui te dit que je ne le suis pas ?

Ce sourire le remua, lui coupant le souffle. Elle était professionnelle jusqu'au bout des ongles, mais restait une femme avant tout. Une femme trop jolie et sexy dans sa petite robe noire pour parvenir à faire oublier ses atouts.

Et il n'aurait pas dû y prêter garde !

— Tu n'as pas l'air nerveuse, ni bouleversée.

Elle avait l'air d'une femme que tout homme aurait voulue dans son lit. Et si sa mémoire ne lui jouait pas des tours, il *avait* partagé son lit.

Elle rit.

— Il faut bien que l'un de nous deux garde la tête froide !

Ce ne serait apparemment pas lui. Du moins, tant qu'il n'aurait pas apprivoisé cette délicate situation. Pour cela, il devait se ressaisir.

Soudain privé d'appétit, il abandonna sa serviette sur la table.

— Très bien, j'ai compris. Tu te moques de moi.

— Tu ne prends pas très bien les choses.

— Je suis surpris, c'est tout. Je m'attendais à ce que tu dises qu'après notre nuit ensemble, tout avait changé entre nous. Et au lieu de ça, tu m'annonces ta grossesse ! Avoue que c'est déstabilisant, tout ce même

— Cela revient au même, quand on y pense, dit-elle sans sourciller.

— Pas vraiment !

— Ce n'est pas la fin du monde, Marco. Essaie de voir cela comme un changement dans nos vies.

Elle ne se doutait pas que pour lui, le décalage était énorme. Il ne croyait pas au mariage. Il n'avait jamais envisagé d'être père. Il avait mis enceinte, par accident, une femme qu'il admirait sur le plan professionnel et chérissait en tant qu'amie. Il avait le sentiment que toute sa vie était un puzzle défait, aux morceaux épars sans rime ni raison, et impossible à réajuster.

Les enjeux étaient cruciaux. S'il ne gérait pas convenablement la situation, il risquerait de perdre une amie, peut-être aussi une employée. Et quoi qu'il décide, son père ne prendrait pas bien les choses.

— Écoute, dit-il tout à coup, nous avons beaucoup de choses à faire, aujourd'hui. Je te suggère d'aller discuter dans ton bureau. J'ai besoin de bouger !

Après un bref « tour du propriétaire » – les salles de conférences, quelques suites d'invités et les cuisines, où le chef se montra ravi de le voir –, ils traversèrent le hall pour gagner les bureaux de l'hôtel. Dès qu'ils pénétrèrent dans l'espace de travail de la secrétaire d'Eleanora, celle-ci se leva d'un bond.

— Bonjour, Marco !

— Bonjour, Sheila.

Eleanora salua aussi Sheila, puis emmena Marco dans son bureau. Alors qu'il lui emboîtait le pas, il enveloppa du regard son dos, ses fesses. Tout comme dans le restaurant, il frémit d'excitation, et faillit laisser échapper un gémissement. S'il s'adaptait peu à peu à l'idée de sa paternité, en revanche, sa libido refusait de le laisser en paix en présence d'Eleanora. Il ne se maîtrisait que difficilement.

Eleanora gagna son bureau, saisit une liasse de rapports et s'approcha de la vaste table de travail, où l'attendait une pile équivalente à celle qu'elle portait. Elle s'assit dans le fauteuil de droite, lui laissant sa place habituelle où il s'assit, avide de se mettre à l'ouvrage pour oublier tout le reste.

— Qu'avons-nous là ? s'enquit-il.

— J'ai pensé examiner les finances par département avant d'en venir à l'estimation d'ensemble.

— Ça me paraît bien.

Il prit le premier dossier de la pile, elle en fit autant avec ses propres dossiers. Elle avait des mains menues, avec de longs doigts aux ongles vernis de gris clair. Il voulut s'interdire de raviver le souvenir des caresses de ces doigts, de ses légères griffures dans son dos… Au cours des deux mois écoulés, il avait fait barrage aux souvenirs de leur nuit d'amour. Mais avec elle, il était assailli par une foule incontrôlable de réminiscences. Après des visions particulièrement troublantes, il se leva d'un bond.

— Tu sais quoi ? Je pense qu'on a assez bossé pour ce matin.

— Mais enfin… il n'est même pas 11 heures, protesta-t-elle. Tu veux déjeuner, c'est ça ?

Non, il n'en avait pas envie, après son copieux breakfast. Mais Eleanora n'avait encore rien mangé.

— Je ne sais pas trop, dit-il, effaré de son incapacité à rassembler ses idées. Je veux dire, tu n'as pas faim, *toi* ?

Il se rassit, tandis qu'elle refermait le rapport avec un soupir.

— Marco, ressaisis-toi.

Soulagé de la voir supposer qu'il était perturbé par leur situation, et non par des souvenirs aussi nets qu'inattendus de leur nuit d'amour, il répondit :

— J'y travaille… je veux dire, c'est l'affaire de quelques jours. Je parviendrai à me faire à cette grossesse.

Sheila s'éclaircit la gorge, et Marco leva les yeux vers le seuil, où elle se tenait, le visage empourpré.

— Désolée, Eleanora. Vos parents ont téléphoné à l'hôtel, ils n'arrivaient pas à vous joindre sur votre mobile.

Marco capta le regard d'Eleanora. Il sut qu'elle pensait comme lui : Sheila avait entendu la fin de sa phrase.

— Ils sont toujours en ligne ? demanda-t-elle en se tournant vers son assistante.

Sheila acquiesça.

— Très bien. Je prends l'appel.

L'air éperdument soulagé, Sheila hocha la tête et se hâta de disparaître. Alors qu'Eleanora gagnait son bureau, Marco soupira.

— Si je ferme la porte, elle saura que nous parlions de ta grossesse, de notre enfant.

— Peu importe. Dans une heure, le mot « grossesse »

aura fait le tour de l'hôtel et les ragots iront bon train : est-ce que *nous* attendons un enfant, est-ce que *tu* as fait un enfant à quelqu'un, est-ce que quelqu'un *m'a* fait un enfant… ? dit-elle, tendant la main vers le téléphone. Nous sommes amis, donc, si j'étais enceinte, je t'en ferais part, et si tu avais mis enceinte une femme, tu me mettrais au courant. Ce sera leur première hypothèse, crois-moi.

Là-dessus, elle décrocha.

— Maman ?

Puis elle se mit à rire, et alla reprendre place dans son grand fauteuil.

Marco leva les yeux au ciel. Son bon sens lui disait qu'il n'y avait pas lieu de cacher qu'elle était enceinte ni qu'il était le père de l'enfant. Cela se saurait tôt ou tard. De plus, il se sentait prêt à affronter quelques taquineries. Et, témoin de l'entretien d'Eleanora avec sa mère, de ses esquives dans la conversation, il sut qu'elle devait informer ses parents le plus tôt possible. Oui, il devait parler à son père avant que des rumeurs lui parviennent.

Eleanora et lui avaient aussi quantité de choses à décider. Droit de garde, droit de visite… Son rôle de père. Comment pourrait-il s'impliquer alors qu'elle vivait à Rome et lui à New York ? Ils devraient parler aussi du prénom du bébé, de la crèche, des vacances …

Il s'avisa qu'il était nerveux, fébrile, dérouté parce qu'il avait l'habitude de réagir en homme d'action. Il résolvait les problèmes au lieu de les ignorer. Rester là à faire semblant que tout allait bien, à reléguer à l'arrière-plan l'événement le plus important de sa vie depuis la mort de sa mère… c'était ça qui le rendait fou !

— Ma mère est déchaînée, dit Eleanora qui venait de raccrocher. Elle fait des plans parce que je lui ai promis d'être à la maison pour Noël. Elle concocte déjà un menu, et on est début novembre !

— Je pense que nous devrions partir. Rentrer à la maison.

Elle fronça les sourcils.

— À mon appartement ?

— Non, chez nous. Au pays. J'ai besoin - *nous* avons besoin de former des projets, de prendre des décisions. Je ne veux pas perdre une semaine à parler boulot à Rome, puis rentrer à Manhattan comme s'il n'y avait rien de changé. Tout est différent, dit-il, captant son regard. Et j'ai besoin de régler ça.

Elle se leva.

— Très bien. Rentre, alors.

— Ah, non, je ne pars pas tout seul ! Tu m'accompagnes. C'est de nous qu'il s'agit. Nous devons décider ensemble. Faire les choses bien. C'est notre amitié qui est en jeu, Eleonora !

Elle prit une profonde inspiration, puis réfléchit. Il redouta qu'elle n'accorde pas autant d'importance que lui à leur amitié. Mais soudain, elle haussa les épaules et lâcha - à son grand soulagement :

— Tu as raison. Si nous voulons préserver notre amitié, nous devons procéder comme il convient. Et puis, ce serait bien d'annoncer la nouvelle à mes parents de vive voix.

— Exactement !

Il ressentit un immense soulagement. Maintenant qu'ils étaient en passe de résoudre leur problème, il pouvait de nouveau respirer librement, réfléchir.

Puis elle s'écarta du bureau, et toute sa silhouette, de ses cheveux auburn à ses escarpins, lui apparut, lui causant une forte émotion. Il fallait à tout prix qu'il oublie leur nuit d'amour, se dit-il. En l'emmenant à New York, en passant une semaine avec elle, il s'habituerait peut-être à elle, et ces souvenirs perdraient tout pouvoir sur lui.

3

Avant de raccompagner Eleanora à sa voiture à la fin de la journée, Marco envoya un SMS à sa sœur.

— J'avertis Chiara que je serai rentré à New York, pour le cas où elle aurait besoin de moi.

Eleanora hocha la tête et sourit.

— Nous devons passer Noël avec papa dans notre chalet du Vermont, et on dirait presque qu'on échange des messages pour être sûrs qu'aucun de nous deux ne se défilera.

Eleanora regarda les pins parasols qui bordaient le parking, inspira l'air de novembre encore doux, alors qu'ils parvenaient à quelques pas de la voiture.

— Tu as l'intention de te défiler ?

— Non. Mais il y a trois ans qu'on envisage d'aller là-bas, et pour finir, on trouve une raison de ne pas le faire. Je crois... que ça nous rappelle à tous la mort de maman.

— Oh ! Marco ! Pardonne-moi ! J'aurais dû réfléchir avant de parler.

— Ne t'inquiète pas, dit-il en se retournant brièvement pour désigner l'hôtel. Ce n'est pas comme si nous avions stagné. Nous avons accompli beaucoup de choses.

— Certes.

— Mais nous restons dispersés à Noël.

— Il en ira autrement cette année, tu verras.

— Espérons-le.

Il la contourna pour lui tenir la portière.

— Je t'appellerai ce soir pour te préciser les détails de notre vol de retour, une fois les dispositions prises avec les pilotes.

Elle sourit, puis monta en voiture.

— Salut, à demain !

— Oui, à demain.

Il s'écarta pour la laisser manœuvrer, et en le voyant la suivre des yeux alors qu'elle s'éloignait, Eleanora prit une grande inspiration. Les Pearson n'avaient pas passé Noël en famille depuis quelques années, mais elle n'y avait pas songé quand elle lui avait annoncé qu'ils attendaient un enfant. Les mois écoulés avant le test de grossesse avaient été trop chargés pour qu'elle envisage les prochaines Fêtes. Mais Marco y pensait, lui. Et ses retrouvailles avec son père et sa sœur le perturbaient - tout comme Chiara. S'il s'inquiétait qu'elle leur fasse défaut, il devait avoir des soupçons. Pas étonnant qu'il soit fébrile et nerveux, et ait du mal à digérer tout cela ! Elle ferait plus attention à la façon dont elle lui présenterait les choses, désormais.

Contente qu'il l'ait laissée seule ce soir, libre de réfléchir tandis qu'elle ferait ses bagages, elle rentra chez elle. Après avoir abandonné son sac sur une chaise, elle se prépara un sandwich en guise de dîner, puis elle décida de sortir sa valise de l'armoire avant d'aller se doucher et grimpa sur un petit escabeau pour l'atteindre l'étagère du haut. La valise glissa, elle s'empressa de la retenir.

Une vive douleur lui transperça le ventre, lui arrachant un cri étranglé. La douleur se dissipa en quelques secondes. Plus prudente, elle plaça la valise sur le lit et commença à y mettre ses affaires. Alors qu'elle l'avait à moitié remplie, une nouvelle douleur la traversa. Elle s'arrêta, posa la main au bas de son ventre. Cette douleur-ci était différente de la première, pensa-t-elle, respirant de son mieux tandis que les élancements diminuaient, puis finissaient par disparaître. On aurait presque dit une contraction.

Elle s'assit sur le lit, les yeux clos. Elle n'avait aucune idée de ce qui était normal ou pas, dans une grossesse. Quand sa sœur avait été enceinte, elle était à des centaines de kilomètres dans le Midwest, tandis qu'Eleanora vivait à Manhattan. Si elle avait eu des problèmes, elle n'en avait jamais parlé.

La tête pleine de pensées inquiétantes, elle se releva et acheva de faire sa valise. Puis elle passa à la salle de bains. La première douleur était peut-être musculaire, due à sa réaction à la chute de la valise. La deuxième ? Il était possible qu'elle ne signifie rien.

Elle se déshabilla, et allait passer sous la douche quand elle s'aperçut qu'il y avait des taches de sang sur son slip. Elle se figea en comprenant que la douleur associée à une perte de sang, même infime, ne pouvait pas être anodine.

Elle courut dans sa chambre, enfila un pantalon de jogging, un T-shirt, des sandales, et fila à l'hôpital. Il était trop tard pour qu'un cabinet médical soit ouvert, et elle n'avait pas encore d'obstétricien. D'ailleurs, ce problème semblait relever des urgences, et ce fut là qu'elle entra, tenaillée par la peur. Elle avait vraiment besoin de Marco ! Elle était seule, elle avait peur, et elle le voulait près d'elle. Une fois enregistrée à la réception, elle sortit son mobile. Marco répondit dès la première sonnerie.

— Je… euh, je suis aux urgences.

— Quoi ?!

Elle ferma brièvement les yeux, et s'efforça de paraître calme.

— Il s'est produit quelque chose et par précaution…

— Quel hôpital ? coupa-t-il.

Elle le lui indiqua à l'instant même où une infirmière l'appelait. Elle raccrocha et se laissa guider dans une salle d'examen. Au bout d'un quart d'heure d'attente, un médecin l'examina, et lui expliqua que les douleurs et de légères pertes de sang étaient normales. Mais, pour la rassurer, il allait faire une échographie.

Marco fit irruption dans la salle à l'instant où il commençait l'examen.

Le vieux praticien sourit.

— Le papa, je suppose ?

— Oui ! s'exclama Marco, essoufflé, en se précipitant près d'Eleanora. Comment va-t-elle ?

— Elle va bien.

— Le bébé ?

— Bien aussi. Vous voyez ? dit le médecin, désignant l'écran.

Eleanora regarda le moniteur, et distingua une forme semblable à un… haricot. Le son qui résonna ensuite lui coupa le souffle. Elle savait, bien sûr, qu'un enfant était en train de croître en elle, mais en entendant battre son cœur, des émotions indicibles l'envahirent : l'amour, la joie, et plus encore. À l'idée que cette petite chose était son bébé, elle était saisie d'admiration.

— Tu entends ? dit-elle en saisissant la main de Marco.

Comme il hochait la tête en silence, aussi impressionné qu'elle, elle éclata de rire. Sa grossesse, qui n'avait été jusque-là qu'un fait presque abstrait à ses yeux, devenait soudain bien réelle. Elle allait *avoir un bébé*. Devenir maman !

— C'est notre bébé, murmura-t-elle à Marco qui semblait frappé de stupeur.

— Oui.

— Il ou elle va bien ? demanda-t-elle au médecin.

— Aucun souci, à ce stade, répondit-il en se levant et en ôtant ses gants chirurgicaux. Avez-vous déjà consulté une sage-femme ?

— Non, je n'en ai pas encore choisi une.

Le vieux docteur alla se laver les mains à l'évier, avant d'annoter le dossier d'Eleanora.

— Je vais vous faire remettre la liste recommandée à la réception.

Marco avait les yeux rivés sur l'écran. En reliant l'image qu'il voyait aux sons qu'il entendait, la réalité devenait pour lui presque palpable. Il allait être *papa*. Il allait jouer au ballon, faire des cabanes de couvertures, apprendre à un petit être à se brosser les dents…

Il eut une nouvelle fois conscience de sa responsabilité, mais alors qu'il s'était senti accablé quand Eleanora lui avait annoncé la nouvelle, cette fois, cela lui insufflait de la force. Il ignorait s'il saurait être père, mais il pouvait apprendre, se renseigner. Son enfant ne grandirait pas sans un *bon* père !

Une fierté un peu ridicule l'envahit, mais son sens des responsabilités reprit le dessus. Il avait, en grandissant, travaillé dans les hôtels familiaux. Il avait eu une vie de famille amusante, mais atypique. Il ignorait ce qu'était une enfance normale, et comment se comportait un bon père. Et s'il échouait ?

— Vous pouvez vous rhabiller, dit le médecin à Eleanora avant de prendre congé. On vous remettra votre dossier à la réception.

Quand il fut sorti, Eleanora se redressa sur les coudes.

— Si tu allais m'attendre dehors pendant que je me rhabille ?

Marco réalisa qu'elle était nue sous le drap. Il avait été si inquiet à l'idée d'un problème de santé pour elle ou le bébé qu'il n'y avait même pas pris garde. Mais à présent, il était de nouveau envahi par les images de leur unique étreinte...

— Reviens sur terre, Marco ! J'aimerais m'habiller et rentrer chez moi.

Il se secoua.

— Désolé. Je serai là tout près, en cas de besoin.

Il patienta dans le couloir, près de la petite salle d'examen, jusqu'à ce qu'elle sorte. Ils allèrent retirer ensemble, à la réception, les documents où figuraient les noms de plusieurs sages-femmes. Hors de l'hôpital, Eleanora se dirigea vers la partie gauche du parking. Marco la retint.

— Ma voiture est par là.

— Et la mienne de l'autre côté.

— Tu as pris le volant pour venir ici ?!

— Je n'allais quand même pas recourir aux ambulanciers alors que je me sentais bien...

Il leva les yeux au ciel.

— Je t'escorte jusque chez toi.

— D'accord...

Il la suivit jusqu'à son élégante petite résidence proche du Grand York Rome. Elle conduisait avec prudence à travers les encombrements et le bruit d'une ville toujours en pleine saison touristique. Pour le rassurer ou éviter ses critiques, soupçonna-t-il. Quand elle se gara sur le parking, il s'arrêta près d'elle.

Ayant logé le dossier médical dans son sac, elle le rejoignit.

— Voilà, je suis arrivée. Saine et sauve.

— Si tu me laissais te raccompagner à ton appartement ?

Elle céda en soupirant de nouveau, sûre qu'elle aurait argumenté en pure perte. Ils grimpèrent l'escalier et elle le laissa entrer chez elle.

— C'est joli, ici.

Les pièces étaient nettes, le mobilier de couleur neutre. Mais des plaids, oreillers et lampes très colorés y apportaient éclat et gaieté.

— Le salaire que tu me verses me permet de m'offrir quelque chose d'agréable.

Il sourit, fit quelques pas dans l'appartement impeccablement rangé mais plein de vie.

— Tu t'assures qu'il n'y a pas d'intrus ? lui lança Eleanora.

Il ne savait pas très bien ce qui le poussait, mais soudain, il ne se sentait pas à l'aise à l'idée de la laisser seule.

— Ce ne serait pas bien de partir alors que tu rentres de l'hôpital.

— Non, ce n'est rien, je t'assure. Le médecin a fait une échographie par acquit de conscience. J'ai bien vu qu'il avait envie de rire quand tu as débarqué en trombe. Il savait que nous étions novices et avions besoin d'être rassurés.

— Donc, tu vas bien ?

— Parfaitement bien.

— Tu ne veux pas que je reste ?

Elle fronça les sourcils, le considéra un instant.

— Toi, tu veux rester, n'est-ce pas ?

— Je viens de vivre des expériences plutôt bouleversantes. J'ai entendu les battements du cœur de notre bébé, et...

— C'était génial, hein ?

— Oui. Je me sentirais mieux si je pouvais rester ici cette nuit.

Eleanora soupira.

— Ce n'est pas en tant que père que je parle, ni en tant que patron. Je te le demande en tant qu'ami. Je suis un peu inquiet. Et j'ai horreur des choses que je ne contrôle pas, tu le sais bien. S'il te plaît, laisse-moi rester. Je dormirai sur le canapé.

Elle rit.

— Au moins, je sais que tu ne tireras pas une chaise près de mon lit pour monter la garde toute la nuit !

— Je peux le faire, si tu y tiens.

— Mais non ! Je vais très bien ! Pas toi, visiblement. Bon. Comme tu voudras. Dors sur le canapé, dit Eleanora en se dirigeant vers sa chambre. Il y a des draps et des oreillers dans l'armoire à linge du vestibule. On se voit demain !

— Oui, à demain ! lança-t-il alors qu'elle s'éclipsait.

Il était soulagé qu'elle lui permette de rester, et enfin détendu. Il ne pensait pas qu'il y aurait une alerte dans la nuit, mais il ne supportait pas l'idée de la laisser seule. Juste au cas où.

Il improvisa un lit, riant de lui-même alors qu'il tentait de trouver une position confortable sur un canapé trop petit pour sa haute taille. Il regarda un peu la télévision, – en sourdine pour ne pas déranger Eleanora, puis finit par s'endormir.

Ce fut le bip d'un message sur son mobile qui le réveilla. Il se leva d'un bond, se rappela où il était à l'instant où une odeur de bacon frit lui chatouilla les narines.

— Bonjour ! lui lança Eleanora depuis la cuisine ouverte sur un grand salon.

— Bonjour, dit-il avant de lire son message.

Il fronça le sourcil.

— Le pilote nous attend.

— Quoi ?

— Je lui avais dit que je voulais partir tôt. Et il est... plus de 9 heures !

Elle posa le bacon grillé sur le comptoir qui séparait la cuisine de l'espace à vivre.

— Je vais m'habiller. Tu trouveras des œufs dans le réfrigérateur et le pain est là, pour les toasts.

Là-dessus, elle s'esquiva tandis qu'il envoyait un SMS à son chauffeur. Il devait retourner prendre ses affaires à l'hôtel, et Eleanora devait au moins prévenir Sheila qu'elle partait quelques jours à New York.

Il avait le temps de déjeuner avant l'arrivée de la limousine. Après avoir avalé le bacon avec quelques toasts et une tasse de café, il alla frapper à la porte de la chambre.

— La limousine est là. Je dois récupérer mon bagage à l'hôtel. Tu peux venir avec moi et parler à Sheila. Sinon, on reviendra te chercher.

Eleonora ouvrit la porte, sa valise à la main, vêtue d'un pantalon confortable et d'un chemisier blanc.

— Je suis prête ! dit-elle en faisant rouler sa valise. J'aimerais donner quelques directives à Sheila. Mais les appels vidéo me permettent de diriger l'équipe comme si j'étais là. Ils ne prendront pas garde à mon absence.

Marco sourit, acquiesça, mais quand elle se retourna

pour verrouiller la porte une fois hors de l'appartement, il eut un moment de trouble. Il l'avait vue cent fois vêtue ainsi, et ne comprenait pas pourquoi son pouls s'affolait. Mais il avait la ferme intention de s'habituer à la revoir, si bien que son attirance pour elle finirait par disparaître.

4

Dès qu'ils débarquèrent du jet privé, à New York, Eleanora sentit l'odeur de l'automne. C'était à ses yeux la plus belle saison. La température était douce, les feuilles viraient du vert à l'or et à l'ocre rouge avant d'être emportées par la brise revigorante.

Ils montèrent dans la limousine, la voiture démarra. Marco avait pour habitude d'envoyer ses instructions par SMS, aussi ne fut-elle pas surprise que le chauffeur prenne le chemin du Grand York avant de conduire Marco à son penthouse.

La longue traversée en avion lui avait donné sommeil. La fatigue typique des trois premiers mois de grossesse, sans doute.

Profitant de ce court répit, elle ferma les yeux tandis que Marco pianotait sur son mobile. Elle avait dû somnoler, car il lui sembla que quelques secondes seulement s'étaient écoulées quand il la secoua doucement.

— Nous sommes arrivés.

Elle descendit de la limousine, s'attendant à être au cœur de la ville, mais le trottoir était presque désert, le calme régnait alentour. Comme elle regardait autour d'elle, réalisant qu'ils n'étaient pas au Grand York, un portier sortit en courant du grand immeuble blanc en brique et la salua d'une main sur sa visière.

Il prit sa valise et celle de Marco, puis retourna d'un pas vif à l'intérieur.

— Nous sommes chez toi ?

— Nous avons besoin d'intimité, non ?

Toujours aux prises avec l'envie de dormir, elle réfléchit de son mieux.

— Je suppose, oui.

— J'en suis sûr, dit-il en posant la main au creux de son dos pour la diriger vers le hall d'entrée.

En pénétrant dans le vaste espace ultramoderne aux plafonds hauts et au sol en marbre, ponctué de canapés rouges épurés et de tables basses en verre, elle se demanda si Marco n'avait pas un motif caché pour la garder près de lui.

Ils avaient peu parlé pendant le vol, occupés à travailler sur leurs ordinateurs. Mais après la frayeur qu'il avait eue la veille, il se montrait hyper protecteur.

Ils prirent l'ascenseur privé qui desservait l'appartement en terrasse. Les portes s'ouvrirent sur un espace qui comprenait une cuisine, un coin repas et une pièce à vivre avec une télévision grand écran et une cheminée en pierre. Il y avait dans la partie la plus éloignée une aire de détente avec piscine, baby-foot, cible de fléchettes et bar. Le mobilier aux lignes pures était rehaussé de pieds et notes décoratives en chrome. Au-delà, la baie vitrée courant du sol au plafond offrait une vue étourdissante sur Manhattan.

Le lieu était superbe. Très différent du penthouse qu'il habitait avant d'être nommé directeur. Il était si ravissant qu'elle osait à peine s'asseoir sur les sièges.

Elle réalisa soudain qu'ils étaient profondément différents. Si c'était en égaux qu'ils s'étaient connus grâce à l'amitié de leurs parents, son propre père avait poursuivi sa carrière et pris une retraite confortable, tandis que le père de Marco avait édifié un empire, dont Marco et sa sœur Chiara hériteraient un jour.

Deux chats au pelage roux surgirent en courant d'un long couloir qui menait aux chambres et s'enroulèrent autour des jambes de Marco. Il se pencha pour les caresser.

— Hé, mes jolis !

— Mes jolis ? répéta-t-elle en le regardant d'un air sidéré. Tu as des chats !

— Eleanora, je te présente Sunrise et Sunset.

— Tu as baptisé tes chats Sunrise et Sunset ?

— Parce qu'ils ont la couleur du lever et du coucher de soleil.

Elle sourit.

— Dans quelle partie du monde ?

— Au Taj Mahal, en Inde ? Sur l'île écossaise de Skye ?

En l'entendant citer les lieux où il avait admiré des levers et couchers de soleil, elle éprouva de nouveau la sensation de malaise qui l'avait saisie un instant plus tôt. Sur le plan de la carrière et de la réussite financière, il l'avait surpassée. Si elle avait un peu exploré le monde, elle était loin d'avoir le même train de vie que lui.

Marco se redressa en riant.

— Il faut te détendre, dit-il en se dirigeant vers la cuisine. En attendant, tournée générale !

Il gagna les placards. Les deux chats le suivirent avec grâce, magnifiques tigrés au pelage lisse et aux queues touffues. Il sortit un sac d'un placard blanc et s'accroupit pour verser à même le sol deux tas égaux de croquettes, bien espacés.

— Pour éviter les bagarres, dit-il en levant les yeux.

— Sans blague ?

— Tu n'as jamais eu de chat ?

— Non.

— Et tes parents ?

Elle secoua la tête.

— J'en ai des choses à t'apprendre ! dit-il en se redressant.

C'était bien là le Marco qu'elle connaissait. Pourtant, même s'il la taquinait, elle éprouva de nouveau une étrange sensation. Après son soudain désir de rentrer à New York, elle se demandait s'il n'avait pas des projets qu'il lui taisait. Elle décida de tester sa théorie.

— Je ne serai là que quelques jours. Alors, inutile de jouer les professeurs !

Comme les portes de l'ascenseur se rouvraient sur le portier, apportant leurs bagages, Marco observa :

— Ton estimation est optimiste. Avec tout ce qu'on a à régler, ça pourrait prendre un mois.

Un mois ?

— Bonsoir, Arnie, reprit Marco en se tournant vers le portier.

— Bonsoir, monsieur.

Arnie fit rouler leurs valises à quelques pas de l'ascenseur, les salua, et repartit.

Eleanora eut l'impression d'être un animal pris au piège.

— Voici ta chambre, dit Marco en ouvrant une porte sur un espace ravissant.

Le plancher en bois clair était protégé par un grand tapis blanc tissé main. Le couvre-lit gris tourterelle mettait en valeur la tête de lit en plusieurs essences de bois, et les lampes à abat-jour s'harmonisaient avec les rideaux. Un coussin corail apportait son éclatante note de fantaisie.

Elle fit rouler sa valise à l'intérieur. Quels que soient ses états d'âme, elle adorait ce lieu !

— Cette pièce est ravissante.

— Merci. Mais je n'y ai aucun mérite. J'ai engagé un décorateur.

Évidemment !

Marco entrebâilla une porte.

— Ta salle de bains...

Elle sourit, hochant la tête à la vue de la pièce aux tons vert d'eau, blancs et gris. Superbe et conçue comme un spa, elle n'avait rien de commun avec celle de l'ancien appartement de Marco.

— Bon, passons des vêtements confortables ! Je pense que Sunrise et Sunset ont envie d'une promenade.

— Tu promènes tes chats ?

— Oui, ils adorent partir en balade. Leur « nounou » les a sûrement sortis ce matin, mais j'ai dû leur manquer. Et après ce long voyage en avion et en voiture, j'aimerais me dégourdir les jambes. Je parie que ça te fera du bien à toi aussi.

Il quitta la chambre, et Eleanora ouvrit sa valise. Elle sortit son jean préféré, qu'elle ne pourrait bientôt plus porter.

Soudain, elle fut saisie par l'étrangeté de sa situation. Elle était à New York au lieu d'être à Rome, parce qu'elle allait avoir un enfant *de son meilleur ami* ! Et Marco était toujours Marco, mais il n'était plus tout à fait le même. Elle avait cru qu'il accepterait l'enfant, mais prendrait ses distances. Qu'elle vivrait seule sa grossesse. Et la naissance. Qu'elle élèverait leur fils ou leur fille en n'ayant droit qu'à des visites sporadiques du père – qui, il fallait regarder la réalité en face, était très pris par son travail.

Mais Marco l'avait emmenée chez lui et s'apprêtait à promener ses chats en sa compagnie ! La situation, déjà difficile, allait se compliquer, car Marco était encore plus qu'elle un planificateur obsessionnel. Et il était habitué à obtenir ce qu'il voulait.

Elle devait l'arrêter avant qu'il se mette en tête de la faire venir à New York définitivement.

En tant que patron, il pouvait lui retirer la direction du Grand York Rome et la placer au siège social !

Pas question ! Ils devaient discuter *tout de suite*. Et quel meilleur moment pour entamer la discussion qu'un moment de détente avec ses chats ?

Même si c'était un après-midi ensoleillé, le temps était glacial en ce mois de novembre. Elle enfila un épais pull-over par-dessus son T-shirt. De retour dans la pièce à vivre elle trouva Marco en attente près de l'ascenseur, avec Sunrise et Sunset équipés de harnais et de laisses. Marco portait un jean et un pull irlandais. Des vêtements courants. Mais sur lui, quelle classe !

Elle déglutit avec difficulté. Si elle tenait à entamer la discussion au sujet de leur bébé, c'était en premier lieu pour garder le contrôle de sa vie. Mais il y avait une autre raison : son attirance pour Marco. Il était si beau ! Lui ne semblait pas avoir à combattre une attirance équivalente pour elle, songea-t-elle avec un léger dépit.

Une fois dans la rue paisible, elle dit la première chose qui lui passa par la tête.

— J'aurais cru que tu préférais les chiens.

Il rit, alors que Sunrise et Sunset trottinaient devant

eux. Ils ne reniflaient pas comme les chiens, ni ne faisaient de pauses pipi. On aurait dit qu'ils observaient les gens.

— J'aime les chats. Ma mère avait un berger allemand qui me rendait fou. Les chats ne sont pas aussi dépendants.

— Pourtant, tu les promènes, dit-elle en riant. Bon… on commence par quoi ?

— À quel sujet ?

— Nous devons parler du sujet principal.

— Il y en a tellement que je me demande auquel tu penses.

Elle faillit suggérer de commencer par les visites parentales, puis s'avisa c'était une discussion de couple établi, officiel. Elle pensa alors demander comment ils élèveraient ensemble un enfant en vivant sur des continents séparés, mais cela ramenait au sujet précédent…

D'ailleurs, le problème le plus évident était celui de l'hébergement.

— Très bien, fit-elle, commençons par ça : pourquoi m'as-tu amenée chez toi au lieu de me laisser séjourner au Grand York ?

— Je te l'ai déjà dit. Pour préserver notre intimité.

Quelques flocons de neige voletèrent autour d'eux. Cela n'avait rien de surprenant, vu le froid. Mais Eleanora regretta de ne pas avoir de veste par-dessus son gros pull. Le soleil de novembre était trompeur.

— Nous aurons plus de temps pour tout mettre au point, poursuivit Marco, et on n'aura pas à se soucier qu'on nous entende.

— Mais j'ai du travail…

— Que tu peux très bien faire à partir de l'appartement, fit-il valoir.

Puis il parut réaliser quelque chose.

— Tu veux du temps à toi, loin de moi ! Pas de souci. Je peux te trouver un bureau au siège social.

Cela ressemblait fort à la première étape d'une installation permanente sur place ! Ce qu'elle désirait éviter à tout prix !

— Merci, mais je peux travailler à partir de l'appartement grâce aux appels visio. Je m'étonne, en revanche, que tu penses qu'il nous faudra si longtemps pour prendre des décisions.

Il lui décocha un regard expressif.

— Je suis surpris que tu ne sois pas de mon avis.

Le vent se leva. Les flocons devinrent plus drus et en la voyant frissonner, il dit :

— Allons viens, que je te ramène à la maison.

La gentillesse de son geste et la douceur de sa voix lui remémorèrent leur nuit d'amour. Elle avait cru que ce serait un commencement. En sentant le bras de Marco autour d'elle, elle regrettait qu'il n'en ait rien été, car elle avait envie de se blottir contre son pull marin bien chaud, envie qu'ils allument un feu dans la belle cheminée en pierre, une fois de retour à l'appartement, et fassent l'amour devant les flammes.

Peut-être avait-elle tort de se rebeller contre ce séjour au penthouse ? Après leur nuit si merveilleuse, passer du temps ensemble était peut-être ce qu'il leur fallait. Cela pourrait amener Marco à dépasser ses doutes et ses regrets. Dans la vie en commun, il verrait peut-être ce qu'elle avait ressenti quand ils avaient couché ensemble : qu'ils étaient faits l'un pour l'autre.

Elle secoua la tête. Franchement, y croyait-elle ? N'était-ce pas plutôt ce qu'elle désirait croire ?

S'il l'avait amenée à New York, s'inquiétait pour elle,

l'attirait même contre lui pour lui tenir chaud, c'était seulement en pensant au bébé.

La voix de Marco la tira de ses ruminations.

— Les décisions à prendre vont bien au-delà du droit de garde, des visites et de la pension alimentaire. Il y a tant de choses que nous ignorons sur l'éducation d'un enfant ! Je n'ai jamais envisagé d'être père, alors je pars de zéro dans ce domaine. Toi, tu as été élevée par des parents normaux, donc tu es peut-être mieux armée. Mais mon père bossait et voyageait tout le temps. Dès que j'ai été assez grand, il m'a confié des petits jobs au Grand York, et j'ai eu le sentiment de devoir devenir adulte prématurément. Ensuite, ma mère est tombée malade, notre vie de famille a changé... J'ai forcément des convictions erronées en ce qui concerne l'éducation des enfants.

— C'est probable, dit Eleanora, qui avait vu grandir Marco.

La différence de leurs milieux et de leurs façons de penser commençaient à ressortir, prouvant que les craintes de Marco n'étaient pas infondées. Pire, ces différences pointaient qu'ils n'étaient pas compatibles. Elle ne devait plus rêvasser, caresser des désirs irréalisables alors que l'avenir de leur bébé était en jeu. Tout comme son amitié avec Marco. Si leurs discussions amenaient des désaccords, leur amitié pourrait ne pas y survivre.

Elle essaya d'imaginer la vie sans Marco. Sans son intelligence et sa sagesse. Sans son charme. Sans sa capacité d'écoute, sa façon de l'inciter à donner le meilleur d'elle-même. Un sentiment de vide intolérable envahit son âme.

S'il ne voulait pas d'elle pour maîtresse, elle ne voulait pas perdre leur précieuse amitié !

Avant qu'ils arrivent au penthouse, la neige avait cessé de tomber et le soleil, surgissant de derrière un nuage, réchauffa un peu l'air. Eleanora s'écarta de lui.

Marco ne savait pas s'il devait s'en réjouir ou être déçu. Un sentiment des plus étranges l'avait envahi quand il avait entouré Eleanora de son bras : une sensation d'harmonie, qu'il avait d'abord reliée à leur amitié. Puis il s'était avisé d'avoir éprouvé ce sentiment à une seule autre occasion : lors de la grande soirée d'inauguration. Il avait cédé à son désir, et il était évident qu'ils avaient commis une erreur en franchissant la ligne rouge. Si leur amitié n'y survivait pas ? songea-t-il, mortifié.

Arnie les salua alors qu'ils menaient Sunrise et Sunset à l'ascenseur. Ils n'échangèrent pas un mot durant la rapide montée.

Après avoir délivré les chats de leurs harnais, Marco proposa d'allumer un feu de cheminée, tandis qu'Eleanora allait se doucher avant le dîner. Il se retrouva soudain seul avec Sunrise et Sunset assis devant lui, telles des sentinelles.

— On joue à la lumière rouge ? dit-il.

Ils se redressèrent aussitôt. Il dénicha le petit pointeur laser dans un tiroir, puis les regarda courir après le point lumineux qui dansait sans cesse. C'était là sa vie, songea-t-il avec ironie. Celle d'un homme seul, qui travaillait sans relâche pour enrichir sa famille et avait des chats pour seule compagnie. De temps en temps, il sortait avec des femmes, mais s'il lui arrivait d'avoir des aventures, il ne voulait pas se marier, ni avoir des liaisons à long terme.

Pas seulement parce que les histoires sentimentales prenaient fin, mais parce qu'il était trop occupé.

De plus, il était heureux. Cette vie, il l'avait choisie. C'est son passé qui l'avait conduit à prendre cette décision. La perte de sa mère, la nécessité d'aider son père à développer leurs affaires. Mais la plupart des gens n'avaient pas cette chance, il s'en rendait compte.

Une voix lui souffla qu'il devait aussi saisir sa chance avec Eleanora, mais il la fit taire. Eleanora croyait aux contes de fées, au grand amour. Elle rêvait de balades au clair de lune et de baisers sous la pluie.

Ce n'était pas son genre et, pour elle, s'engager avec lui était une impasse. Il tenait beaucoup trop à elle pour la laisser commettre une telle erreur.

5

Eleonora se sentit mieux après une douche chaude. Mais ils n'avaient pas réellement discuté de leur situation et cela lui déplaisait. Marco allait-il lui faire perdre le job qu'elle s'était tant battue pour obtenir ?

Tout en passant un survêtement et un ample T-shirt, elle se sentit plus que convaincue de devoir prendre ses distances avec Marco. Elle devait se débarrasser de ses sentiments, pour leur permettre de renouer le fil de leur amitié. S'ils n'y parvenaient pas, il aurait vu juste : leur nuit ensemble aurait tout gâché.

Ni elle ni lui ne souhaitait cela !

Avec une détermination renforcée, elle entra dans le salon au moment où les portes de l'ascenseur livraient passage à une très belle jeune femme. Dotée de grands yeux bleus de fée malicieuse, vêtue d'un pantalon moulant et de jolies bottines, elle abaissa la fermeture à glissière de son anorak. Avec son capuchon bordé de fourrure, le court vêtement sexy lui donnait l'allure d'une charmeuse des pistes de ski. Son sourire chaleureux ensoleilla la pièce.

Marco se précipita à sa rencontre.

— Pardon ! J'ai oublié de t'avertir que j'étais rentré plus tôt que prévu.

— Pas de problème, dit-elle avec un sourire ravi.

Les chats surgirent de nulle part et se précipitèrent vers la jolie visiteuse, s'enroulant autour de ses chevilles. Elle se pencha pour les caresser.

— Bonjour, mes jolis.

Comme s'il réalisait enfin qu'elle était là, Marco jeta un coup d'œil vers Eleanora.

— Oh ! Eleanora, voici Wisdom... la nounou de mes chats.

Évidemment, la nouvelle venue avait un prénom raffiné, comme tant de jolies femmes, pensa Eleanora.

— Enchantée de vous connaître, dit-elle.

— Wisdom, je te présente une amie, Eleanora.

Toujours accroupie près des chats, Wisdom sourit.

— C'est un plaisir de vous rencontrer...

Elle leva les yeux vers Marco, tandis que les chats continuaient à se frotter contre elle et à ronronner.

— Alors comme ça, tu es revenu ?

— Oui. Sans doute pour un mois. Je te paierai les deux semaines où j'étais censé être absent.

Wisdom acquiesça, se redressa et appuya sur le bouton de l'ascenseur pour rouvrir les portes.

— OK ! Appelle-moi quand tu auras besoin de moi.

Elle parlait de la garde des chats, bien sûr, mais Eleanora, victime d'une imagination trop vive, crut comprendre autre chose...

— Quel idiot ! dit Marco. J'ai oublié de la prévenir, elle s'est déplacée pour rien.

Eleanora s'installa sur le canapé, genoux et pieds repliés, en s'efforçant de dompter sa jalousie.

— Elle n'a pas eu l'air de s'en formaliser, dit-elle.

— Oui. C'est une bonne personne.

— Les chats ont l'air de bien l'aimer.

— Bien sûr ! Elle leur donne à manger ! Au fait, tu es prête à dîner ? On peut commander ce que tu voudras, ça nous sera livré dans une heure.

— Une heure ?

— J'ai toujours de quoi faire une salade dans le réfrigérateur, si ça te tente.

— Tu as du pain ?

Il hocha la tête.

— Je peux nous préparer des sandwichs au fromage, proposa-t-elle en se levant du canapé.

Il lui fit signe de se rasseoir.

— Non, tu es mon invitée ! Tu peux allumer la télé, ou prendre un bouquin si tu veux

Il désigna une bibliothèque basse contre un mur du fond, qu'elle n'avait pas remarquée.

— Les sandwichs seront prêts dans dix minutes.

Lentement, elle se rassit. Elle n'avait pas envie de regarder la télévision, ni de lire. Mais elle ne résista pas au feu qu'il avait allumé, et alla s'asseoir devant la cheminée dans le salon.

Marco quitta le salon pour le coin cuisine, où il prépara leur dîner tout simple. Il aimait qu'Eleanora prenne ses aises dans l'appartement, mais son comportement restait étrange… Quelque chose clochait chez elle. Et elle avait eu une réaction étrange au sujet de Wisdom. Il se demandait si elle n'était pas jalouse. L'idée que la belle et brillante Eleanora puisse jalouser quiconque était ridicule – mais les choses avaient changé entre eux depuis leur nuit ensemble. Sa libido lui jouait peut-être des tours ?

Il s'attarda sur cette idée tout en beurrant une tranche de pain pour la mettre à dorer dans la poêle, avant de la recouvrir de fromage et d'y poser une autre tranche de pain. Et si Eleanora était réellement jalouse ?

Il sourit à cette pensée, et son orgueil viril s'en retrouva dopé. Cela signifiait-il qu'elle n'était pas aussi indifférente qu'elle tentait de le lui faire croire !

Après avoir préparé les sandwichs, il réchauffa un potage en boîte, puis disposa le tout sur la table avant d'inviter Eleanora à dîner. Elle s'assit en face de lui. Quelque chose la tracassait, c'était clair.

Elle lui adressa un faible sourire.

— Désolée de t'avoir laissé la charge de cuisiner, mais le voyage m'a fatiguée. Et je suis toujours réglée sur l'heure italienne. En fait, je devrais aller me coucher, maintenant.

— Et tu es enceinte, ajouta-t-il. La fatigue peut se faire ressentir dans le premier trimestre de grossesse, il paraît.

Elle soupira.

— J'avais oublié que tu aimais te renseigner sur tout.

— Ça aide, de savoir.

Pour la première fois depuis qu'elle lui avait annoncé qu'elle attendait un enfant, la situation semblait s'équilibrer entre eux. Si leur attirance mutuelle était un problème, cela les plaçait au moins à égalité !

Réconforté par ce raisonnement, il se sentit capable de mener une conversation normale avec elle. Mais à quel sujet ? Quel thème ne les ramènerait pas à cette attirance qu'ils n'avaient ni l'un ni l'autre aucune envie d'aborder ?

Même la grossesse, qui les renvoyait à l'unique nuit qu'ils avaient passée ensemble, était un sujet à éviter. D'autant qu'elle soulevait des problèmes spécifiques, comme le fait qu'ils vivaient sur des continents différents. Devrait-il prendre l'avion pour Rome chaque fois que ce serait son tour de garder le bébé ? Et la pension alimentaire ? Il pouvait verser à Eleanora une somme suffisante pour qu'elle n'ait pas besoin de travailler. Mais se sentirait-elle insultée ? Aurait-elle le sentiment qu'il l'évinçait de son job parce qu'elle était enceinte ?

C'était une source de conflits, et ils avaient besoin de plus de temps pour se sentir à l'aise avant d'affronter les questions épineuses.

— Je sais comment te réveiller, dit-il avant de mordre dans son sandwich. Nous n'avons pas vraiment parlé chiffres, hier. Tu as des choses à me dire ?

— Euh… tu ne préfères pas parler du bébé ?

— Réservons ça pour un moment où tu auras plus d'énergie. Voyons un peu ces chiffres…

Avec un sourire appuyé, elle se lança dans un rapport financier sur les progrès du Grand York Rome. Fins connaisseurs de l'industrie hôtelière, ils se comprenaient à demi-mot et la discussion était aisée – bien moins compliquée qu'au sujet du bébé !

— C'est un chiffre d'affaires remarquable, commenta-t-il.

— Je crois que Rome était prête pour le genre d'hôtel que nous avons bâti.

— Très haut de gamme, c'est ça ?

— Oui. Mais où on se sent bien. Un lieu de villégiature en pleine ville.

Marco avala une cuillerée de soupe – délicieuse, et qui le réchauffa.

Eleanora mit en avant les éléments à l'origine du succès de l'établissement : un bouche-à-oreille favorable et pas seulement la publicité officielle ; des liens solides avec les voyagistes qu'elle amenait à œuvrer en leur faveur.

Quand elle eut terminé, leur repas l'était aussi, et elle avait repris des couleurs.

— Tu as meilleure mine, dit-il. Je crois que tu avais besoin de manger.

— Peut-être bien, oui !

Il lui sourit, elle sourit en retour.

— C'est toujours facile de parler boutique avec toi. Tu ne dissimules rien, contrairement à certains de nos autres directeurs, auxquels il faut tirer les vers du nez.

— Je peux t'en dire autant, répondit-elle en haussant les épaules. Tu es toujours franc avec moi.

Elle s'interrompit, et il fronça les sourcils. Pourquoi disait-elle cela ? S'agissait-il d'une provocation, et croyait-elle, comme il en avait l'intuition, qu'il lui cachait quelque chose au sujet de Wisdom et lui ?

Ce n'était pas une bonne chose. S'ils voulaient aborder ensemble l'éducation de leur enfant, elle devait savoir qu'il ne lui cachait rien.

— Il n'y a rien entre Wisdom et moi, tu sais, dit-il sans préambule.

Elle cilla.

— Pardon ?

— Eh bien, tu m'as semblé avoir eu une réaction bizarre avec elle...

— Une réaction bizarre ?

Il ne voulait pas prononcer le mot « jalousie ».

— Tu sais bien. D'habitude, tu es plus enjouée avec de nouvelles connaissances. Même si ce sont des femmes...

— Même si ce sont des femmes ?

Elle ne le laissait pas achever une seule phrase ! Mauvais signe. S'il prononçait le mot « jalousie », elle allait probablement se jeter sur lui !

— Oh ! je vois ! dit-elle soudain en écarquillant les yeux. Tu m'as crue jalouse.

Pas question de l'admettre !

Il y eut un silence, un peu trop long. Elle rougit, puis commença à rassembler leurs assiettes et leurs bols de soupe.

— Débarrassons...

Il se maudit intérieurement. Il s'y était très mal pris, mais comment arranger ça ? Il n'en avait pas la moindre idée. Il prit leurs verres et la suivit dans la cuisine.

Tandis qu'elle rangeait leurs couverts dans le lave-vaisselle, il resta en retrait derrière elle, l'esprit embrouillé, à ne savoir que faire. Mais une idée perça tout de même dans ce brouillard. Si elle n'avait pas eu ne fût-ce qu'un brin de jalousie, elle n'aurait pas manqué de relever son erreur. Or, elle ne disait rien...

Il y avait quelque chose, c'était clair.

Soudain, elle se retourna pour s'écarter de l'évier et ils se retrouvèrent nez à nez, à quelques centimètres l'un de l'autre. Il lui aurait suffi de tendre légèrement le bras pour la toucher, or il n'esquissa pas un geste. Quant à elle, elle n'avait même pas l'air de respirer. Le regard rivé au sien, il se pencha légèrement vers elle. Il aurait dû lutter, mais il était régi par un instinct irrépressible.

Leurs bouches se rencontrèrent, et il la saisit par les épaules et l'attira à lui pour approfondir le baiser, de plus en plus passionné. Après avoir combattu leur désir mutuel, voici qu'ils s'y abandonnaient, avec un plaisir partagé, qui ravivait sa nostalgie.

Tout à coup, il cessa de penser aux conséquences, et la serra plus fort encore contre lui...

Soudain, elle se libéra de son étreinte, et quand il ouvrit

les yeux, il la vit adossée à l'îlot de la cuisine, comme si elle avait voulu mettre le plus de distance possible entre eux.

Pendant quelques secondes, ils se dévisagèrent, et les conséquences qu'il avait cherché à oublier l'assaillirent de nouveau : ils venaient de brouiller les cartes. Après avoir commis l'erreur de coucher ensemble, ils venaient de franchir de nouveau la ligne rouge. De commettre une deuxième transgression.

Il lut dans le regard d'Eleonora quelque chose qui ressemblait beaucoup à de la déception.

— Je suis épuisée. Je vais me coucher, dit-elle simplement avant de tourner les talons.

Il la regarda partir, en proie à la plus totale confusion. Il avait lu du désir dans ses yeux, et il aurait juré qu'elle était jalouse de Wisdom. Et pourtant, il l'avait déçue ?

Était-ce à cause de ce qui s'était produit le soir de l'inauguration ? Avait-il mal interprété aussi cette nuit-là ?

Les souvenirs affluèrent à sa mémoire. Après leur nuit de passion, ils s'étaient dit qu'ils en resteraient là.

Non. C'était lui qui l'avait suggéré. En fait, il l'avait plus ou moins *imposé*.

Et voici qu'il l'avait embrassée ? Pas étonnant qu'elle soit déçue. Il avait bafoué les principes qu'il avait lui-même édictés.

Il devait réparer les dégâts.

6

Après s'être douchée et avoir passé un tailleur-pantalon, Eleanora se rendit dans la cuisine où Marco, debout près de l'îlot, ouvrait un panier-repas. Sunrise et Sunset, sur le canapé, faisaient leur toilette, ayant de toute évidence déjà mangé.

— Qu'est-ce que c'est ?

— Le petit déjeuner. J'ai passé commande par téléphone et ils m'ont livré en moins de dix minutes. Si on se dépêche, nos œufs n'auront pas refroidi !

Eleanora sentit son estomac gargouiller. Elle n'allait sûrement pas se punir en faisant mine de ne pas avoir faim pour éviter Marco. Elle tendit la main et attrapa une boîte en carton, laissant à Marco le soin d'alimenter la conversation.

Il avait intérêt à avoir une justification pour ce baiser, parce qu'il ne pouvait pas jouer sur deux tableaux à la fois ! Depuis toujours, elle avait un faible pour lui. Le soir de l'inauguration, elle s'était donnée sans retenue, croyant à tort ses sentiments partagés. Mais visiblement, il regrettait d'avoir couché avec elle. Alors pourquoi l'embrasser ?

Elle ignora la petite voix qui lui soufflait qu'elle n'aurait pas dû y prendre plaisir.

— Tu veux une assiette ?

— Non, merci, dit-elle en gagnant la table. Je ne vais pas m'attarder. Je voudrais aller au bureau, aujourd'hui.

Il fronça les sourcils.

— Ah bon ? Je croyais que tu voulais travailler ici ?

— Chaque fois que ce sera possible, oui. Mais aujourd'hui j'ai programmé une visioconférence avec le gérant du restaurant de Rome. J'aimerais qu'il teste une ou deux idées.

Attablée, elle trouva dans sa boîte-repas une omelette au fromage, des toasts de pain de seigle et du bacon, et mangea avec appétit.

Marco ne lui demanda pas ce qu'elle voulait suggérer au gérant du restaurant. Pourtant, il était très attentif à ce que ses hôtels soient les meilleurs au monde, et voulait toujours tout savoir en détail. Cela signifiait donc qu'il hésitait à cause du baiser. Ou alors, qu'il regrettait de l'avoir embrassée et voulait faire comme si de rien n'était. Hors de question de le laisser faire !

Enfin, Marco rompit le silence de plomb.

— On ne parle pas de ce qui s'est produit hier soir ?

Irritée, elle posa sa fourchette.

— Ce qui s'est produit hier soir ? Ce que *tu as fait*, tu veux dire ?

S'il prétendait qu'elle y était pour quelque chose, elle allait l'étrangler !

— En toute honnêteté, j'ai ressenti un élan et je m'y suis laissé aller. Je suis désolé. C'est moi qui ne veux pas d'une liaison entre nous, et j'ai trahi ta confiance.

Assis en face d'elle, il ne la lâchait pas du regard, la contraignant à lui accorder toute son attention.

— Écoute, si je ne veux pas qu'il y ait quoi que ce soit

entre nous, c'est moi qui suis en cause. Pas toi. Tu es merveilleuse. Tu es belle, intelligente, et tu as la peau si douce que c'est vraiment dur de résister à la tentation de te toucher.

Elle écouta toutes ces belles paroles qu'elle avait tant désiré lui entendre dire en sachant qu'un « mais » allait suivre.

— Je ne suis pas du genre à me caser, Eleanora, poursuivit-il. Tout le monde croit que, quand on rencontre la partenaire idéale, on oublie son passé et toutes les raisons qu'on a d'avoir façonné sa vie comme on l'a fait. Mais c'est faux. Sinon, tout aurait été balayé après notre nuit ensemble. Mon père a tout perdu quand il a perdu ma mère. Il est devenu obsédé par la réussite et s'est surmené pour oublier son chagrin. Il lui arrivait de s'écrouler dans son lit, le soir. En le voyant, je me disais que ce n'était pas une vie.

Ce qu'il trouvait affreux paraissait très beau aux yeux d'Eleanora : Joshua avait tant aimé sa femme qu'il s'était langui d'elle longtemps après sa disparition.

— C'est peut-être parce que tes parents s'aimaient d'un amour pareil à nul autre ?

— Et ce serait différent pour nous ? Nous n'aurions pas un amour pareil à nul autre ? C'est ça ?

Elle sentit son cœur se serrer, tandis que Marco lui prenait la main.

— C'est un amour comme celui-là que tu veux, je le sais depuis notre enfance. Mais ce n'est pas mon cas. J'en ai vu le revers. J'ai vu la douleur et le chagrin. Je ne pourrai jamais me donner tout entier. Je préserverai toujours une part de moi-même, affirma-t-il, captant un instant son regard. Je ne veux pas te faire de mal, Eleonora.

Quoi qu'il puisse éprouver pour elle, c'était un sentiment puissant. Elle le lut dans ses yeux. Il ne lui ferait jamais de mal, sciemment du moins

Sans lui laisser la possibilité de parler, il se leva de table.

— Cela ne se reproduira plus, je te le promets. Plus de dérapage. Maintenant que nous avons fait le point, je suis tout à fait sûr que tout ira bien entre nous.

Vaincue par sa sincérité, elle serra les lèvres et acquiesça.

Prêt à s'éloigner, il s'immobilisa et se retourna vers elle.

— Pour être clair... Je ne te traiterai pas différemment parce que tu attends mon enfant. Je ne vais pas t'enlever ton job, ni te transférer au siège social pour que nous soyons tous les trois à Manhattan. Mais nous devons discuter, avec bon sens et honnêteté, de la façon dont il nous sera possible d'élever un enfant ensemble alors que nous vivons sur des continents différents. Et je ne crois pas que nous pourrons nous forcer à avoir cette conversation. Elle viendra naturellement, quand nous aurons eu le temps d'y réfléchir chacun de notre côté, et déterminé ce que nous voulons. Alors, nous pourrons établir un compromis.

Il enfila son veston.

— Tu veux partir au travail avec moi ?

— Tu ne manges rien ?

Il saisit sa mallette posée près de l'îlot.

— Je n'ai pas vraiment faim, en fait.

— D'accord. Mais je veux finir mon repas. Ensuite, j'irai m'habiller et rassembler mes affaires.

— Prends tout le temps qu'il te faudra. Je te renverrai la limousine.

Elle hocha la tête, et il partit sous le regard réprobateur de Sunrise et Sunset, qui se prélassaient sur le canapé.

— Quoi ? Ce n'était pas une vraie dispute, leur dit-elle. En plus, c'est lui qui a commencé !

Elle prit une profonde inspiration, puis ajouta :

— Marco a dit vrai : il ne s'engagera jamais à 100 % dans une relation. Même si on se mariait, je ne serais jamais qu'une épouse potiche !

Elle en eut la chair de poule. Aucune femme intelligente ne voulait de ça. Rester à la maison avec les enfants, organiser des dîners pendant qu'il parcourerait le globe, fréquenterait des jet-setteurs tout en dirigeant les affaires familiales ? Merci bien !

— Il m'accorderait assez d'attention pour que je me sente bien… Mais il ne serait jamais à moi. Il n'appartiendra jamais à personne.

Formuler ces vérités à voix haute l'apaisait. L'aidait à accepter la réalité.

Après cet aveu, les chats se désintéressèrent d'elle. Sunset s'installa pour une sieste. Sunrise sauta à bas du canapé et courut jusqu'à la vaste baie vitrée, se plaça à l'endroit où le sol était réchauffé par les rayons du soleil, se roula en boule et s'endormit.

Quand Sam la prévint par SMS qu'il était en route, Eleonora, elle, se hâta de se préparer, puis alla l'attendre sur le trottoir, devant l'immeuble.

Installé à son grand bureau en acajou, Marco travailla toute la matinée, dans les meilleures dispositions qu'il avait connues depuis la grande inauguration. Il aurait dû s'expliquer avec Eleanora le jour où il lui avait téléphoné pour lui dire qu'il tenait à ce qu'ils soient seulement amis. Ce matin, la vérité était sortie spontanément parce qu'ils étaient de vrais amis, et parce qu'elle le connaissait bien. Il n'y avait pas lieu de garder des secrets. Elle était capable de comprendre et d'accepter la vérité.

Le seul souci était qu'il ne lui avait pas laissé la possibilité de s'exprimer, la laissant parvenir seule à ses propres conclusions.

Il ne savait pas si elle acceptait vraiment les propos qu'il lui avait tenus. Elle les comprenait, certes, mais les accepter, c'était une autre histoire…

Son assistante le prévint quand Eleonora arriva. Le directeur du siège devait lui attribuer un bureau libre à l'extrémité de l'étage, et Marco supposa qu'elle s'y installerait. Il patienta une heure, pour lui laisser le temps de passer son appel vidéo à l'équipe italienne, puis alla frapper à sa porte.

— Tout va bien ? s'enquit-il, debout sur le seuil.

— Oui.

Elle s'était renversée dans son fauteuil, avec une expression circonspecte, mais son regard était sincère.

— Tant mieux. Tu veux déjeuner ?

— Non, merci, dit-elle en souriant. Le petit déjeuner était copieux.

— OK.

Il se retourna pour s'éclipser, mais elle le retint.

— Marco ?

— Oui ?

Devinant qu'elle désirait dire un mot, il entra de nouveau dans le bureau.

— Je te suis reconnaissante de m'avoir rappelé certaines choses. Tu as fait des choix et pris des décisions. Je sais que tu aimes la vie que tu mènes. Je ne voudrais jamais te changer.

Il hocha la tête, heureux d'être réellement compris.

— Mais je ne prétendrai pas que je regrette qu'on ait un enfant ensemble, continua-t-elle. Ce sera bizarre, mais si deux personnes peuvent trouver une solution, c'est bien nous. Je suis confiante.

— Tout à fait d'accord, dit-il, envahi par un indicible soulagement.

— Alors, va déjeuner et laisse-moi me remettre au boulot !

Il partit, et elle resta à fixer la porte close, gagnée par le regret à l'idée qu'ils n'iraient jamais au-delà de l'amitié. De toutes les ruptures qu'elle avait vécues – et que cela plût ou non à Marco, leur décision de s'en tenir à l'amitié avait quelque chose d'une rupture – celle-ci était la plus claire, et peut-être la plus sage. La perte de son premier petit ami, à l'adolescence, l'avait dévastée. Un peu plus tard, la fin de sa première relation durable avait été difficile. Mais le coup de grâce lui avait été donné par Quincy ! Il lui avait fait croire qu'il était amoureux d'elle alors qu'il cherchait à travers elle à entrer en relation avec Joshua, le propriétaire des hôtels Grand York. Après avoir fréquenté Joshua assez longtemps pour que celui-ci le connaisse et juge son entreprise digne de devenir un fournisseur attitré, Quincy l'avait laissée tomber comme une vieille chaussette !

Cet épisode avait laissé des traces, et l'humiliation d'avoir été une proie facile l'avait poursuivie pendant des années. À tel point qu'elle avait décidé, par la suite, de se contenter d'aventures sans lendemain, sans engagement de part et d'autre. Elle sortait avec des hommes, et les oubliait une fois son désir assouvi…

Elle s'adossa à son fauteuil. À trente et un ans, elle avait réussi professionnellement et était ravie de vivre à l'étranger. En Italie, qui plus est ! C'était tout de même une sacrée chance, non ?

Pourquoi diable vouloir à tout prix trouver quelqu'un, se marier ? Ne valait-il pas mieux savourer sa liberté ?

Car elle avait tout : un job super. Un bel appartement en terrasse… Elle vivait en Italie et avait de grandes chances d'être un jour promue à Paris ou à Londres, puisque la compagnie du Grand York désirait s'étendre en Europe. Si elle s'était parfois inquiétée de ne pas avoir d'enfant à son âge, cette inquiétude était maintenant sans objet. Elle était enceinte. Elle allait devenir maman.

Que pourrait bien lui apporter un amour unique entre tous ? Et d'où tirait-elle la conviction que c'était possible ? Marco avait sans doute raison : croire aux contes de fées était vraiment absurde.

Si elle profitait tout simplement de sa vie, quel effet cela ferait-il ? Désormais, elle vivrait dans l'instant, avide de saisir toutes les opportunités qui s'offraient à elle.

Son ordinateur émit un signal lui annonçant un appel de la gouvernante de l'hôtel, avec qui elle bavarda une bonne heure. Lorsque les employés du siège commencèrent à revenir de déjeuner, son équipe romaine, elle, rentrait chez elle.

Marco fit une halte sur son seuil.

— Quand tu seras prête, j'aimerais te parler de notre plan sur cinq ans et de la place du Grand York Rome dans le schéma d'ensemble.

— Entendu.

— Dans mon bureau.

— C'est noté, dit-elle en souriant, je te rejoins dans une minute.

— À tout de suite, alors !

Il se retira, et elle soupira d'aise. Elle savait que sa conversation franche avec Marco avait largement contribué à restaurer l'harmonie entre eux et elle se sentait plus légère. Comme délestée d'un grand poids. En décidant de ne plus chercher l'homme de ses rêves, elle s'était bel et bien accordé la permission d'être heureuse.

Elle prit un calepin et un stylo, et se rendit dans le bureau de Marco. Pendant deux heures, il passa en revue avec elle les projets de la compagnie pour les cinq ans à venir, en soulignant la place du Grand York Rome et le rôle qu'il pourrait jouer dans leur expansion au sein de l'Europe. Elle absorba le tout, mais sous une perspective nouvelle. Et au bon moment, elle demanda :

— As-tu déjà envisagé de me confier la direction de tous tes nouveaux hôtels en Europe ?

Il posa son stylo et l'observa.

— Tu veux diriger huit à dix hôtels ?

— Non. Je veux me transférer, au fur et à mesure, dans chaque nouvel hôtel, pour embaucher du personnel, veiller à sa conception et organiser son inauguration, comme je l'ai fait pour celui-ci.

— Je croyais que tu te plaisais à Rome.

— C'est le cas ! Mais ce serait intéressant et amusant pour moi de jouer un peu les nomades, non ?

— Tu vas avoir un enfant, Eleonora.

— Tu ne vas rien planifier avant un an, en ce qui concerne

l'hôtel de Paris. Au moment où il sera nécessaire que je m'y rende, notre bébé sera né et j'aurai mis en place une solution de garde. Je prendrai une super nounou. Tout ira bien pour notre bébé et moi.

7

Marco ne put pas s'empêcher de réfléchir à la suggestion d'Eleanora, cet après-midi-là. Il comprenait son désir d'être une sorte de directrice « itinérante », qui mettrait tout en place et roderait la gestion des hôtels, pour passer ensuite à la destination suivante, généralement une capitale européenne très convoitée.

Il comprenait qu'elle pense que la vie de leur bébé ne serait pas affectée par les déménagements, du moins tant qu'il ou elle n'irait pas à l'école.

Mais il n'aimait pas l'idée qu'elle mette tout en place dans chaque nouvel hôtel, puis s'en aille. Cela manquait de constance et de suivi.

De plus, il lui avait promis que sa grossesse et sa maternité ne seraient pas un obstacle à sa carrière. Est-ce ce qui la poussait à demander une promotion importante ?

Non, Eleanora était une recrue digne de confiance qui ne profiterait jamais de lui, songea-t-il, sans pour autant chasser la sensation persistante qu'il y avait anguille sous roche. Elle avait avancé l'idée d'une création de poste alors qu'ils avaient d'autres choses à décider. Pourquoi ?

S'il avait suggéré qu'ils attendent le bon moment pour le faire, il estimait que la grossesse et leur enfant étaient des préoccupations qui auraient dû passer avant tout désir de promotion. Son sens des affaires lui criait qu'il y avait quelque chose d'étrange dans la suggestion d'Eleanora, mais supposer qu'elle profitait de lui ne cadrait pas avec ce qu'il savait d'elle.

Toujours en pleine confusion au terme de la journée, il contempla le paysage urbain par la fenêtre du bureau d'Eleanora tandis qu'elle réunissait ses affaires pour rentrer au penthouse. Ils étaient redevenus amis, certes, mais quelque chose lui échappait sans qu'il sache pourquoi.

S'ils passaient la soirée à l'appartement avec pour seule distraction les chats et la télévision, il finirait par lui poser des questions. Mieux valait éviter une dispute.

— C'est une belle nuit, on devrait dîner dehors, suggéra-t-il.

Elle sourit.

— D'accord.

Ce sourire lui réchauffa le cœur, lui rappela leur amitié qu'il chérissait tant et eut honte des soupçons qu'il nourrissait à son égard. Jamais elle ne lui avait demandé un service, ni un traitement de faveur. Il devait lui faire confiance. Mais son instinct lui soufflait qu'il y avait quelque chose de personnel derrière sa requête. Et cela l'épuisait de chercher à résoudre ce mystère. Il avait besoin d'une soirée paisible.

— Je connais l'endroit idéal pour nous. Je vais demander à Timothy de faire les réservations, comme ça, à notre arrivée, notre table sera prête.

— Enfant gâté, va ! lança-t-elle.

— J'aime croire que c'est ma récompense pour tout le travail que je fournis.

Ils prirent l'ascenseur et rejoignirent la limousine garée

le long du trottoir sans échanger un mot. Mais cela n'avait rien de bizarre, ni d'embarrassant, songea-t-il, d'humeur plus légère, soudain.

Sam, un chauffeur expérimenté et plutôt malicieux, leur ouvrit la portière.

— Bonsoir, monsieur, dit-il, touchant sa casquette. Madame...

Ils prirent place sur le siège arrière.

— Je me sens vieille quand on m'appelle « madame ».

— Mais tu *es* vieille ! Tu as plus de trente ans.

Elle rit.

— À peine plus.

Il lui coula un regard oblique, et rectifia :

— Tu as trente et un ans, exactement.

— Tout juste la trentaine, donc. Pas comme toi, qui en as trente-deux.

Il leva les yeux au ciel, franchement détendu, maintenant. Eleanora n'était pas du genre à tricher avec lui, à lui mentir, à profiter de lui... Sauf si ses désirs de déménagement avaient un rapport avec leur enfant ?

Il s'intima d'en finir avec cette obsession. Ils dînèrent dans un restaurant proche de Times Square, mais comme ils s'y étaient rendus dès leur sortie du bureau, il était encore tôt quand ils terminèrent leur repas. Pour ne pas se laisser envahir par la question qui le taraudait, Marco suggéra qu'ils marchent jusqu'à Times Square.

— J'adore cet endroit, dit-elle tandis qu'ils déambulaient parmi les passants peu nombreux.

— Ce sont les lumières que tu aimes, en fait.

— Les gens aussi.

— Il n'y a pas beaucoup de monde dehors, ce soir.

— En effet.

Les lieux n'étaient pas aussi animés qu'ils le seraient dans quelques semaines, lorsqu'ils seraient envahis par une foule de gens sortis faire leur shopping de Noël. Des flocons de neige commencèrent à tourbillonner autour d'eux.

— Tu veux retourner à la limousine ? demanda-t-elle.

— Non. Si tu es contente d'être là…

— Je le suis. J'adore l'hiver à Manhattan, même si j'avoue avoir hâte de vivre un hiver à Rome.

— Tu as oublié comment était l'hiver à Rome l'an dernier ?

Elle rit.

— Et toi, tu as oublié qu'on n'avait pratiquement pas de temps disponible ? dit-elle en inspirant l'air frais à pleins poumons. D'ailleurs, je n'étais pas tout le temps là-bas. J'ai effectué de nombreux allers et retours pendant la période de construction.

Ce qui aurait été drôlement difficile pour une femme avec un enfant ! Oh ! bon sang, pourquoi faisait-il une fixation là-dessus ?

— Tu veux donc recommencer à Paris ?

— Peut-être, oui. C'est tellement agréable de donner vie à des projets, tout en profitant des plus belles villes du monde !

— Mais tu n'es pas sûre de vouloir le faire cette fois-ci ?

— Nous devons y réfléchir, considérer tous les aspects. Et prendre la meilleure décision pour l'entreprise.

Marco faillit la remercier. Il savait qu'elle avait toujours eu leurs intérêts à cœur et aurait dû garder confiance en elle. Il décida qu'il ne douterait plus d'elle quoi qu'il advienne. Il avait toujours eu de la sympathie pour

Eleanora, et ses soupçons lui faisaient honte. Elle était une si bonne personne !

Entre eux, le silence se prolongea. Saisi par le désir étrange de lui prendre la main, et refusant d'y céder, il fourra la main dans la poche de son pardessus.

— En tout cas, reprit-il, je suis content que tu envisages l'avenir de l'entreprise sans le limiter à ton job. C'est pour ça que nous t'avons choisie pour diriger notre premier hôtel en Europe. Nous voulions quelqu'un qui soit à part.

Et Eleanora était à part.

Cette pensée lui fit chaud au cœur, déclenchant en lui des sentiments qui n'avaient rien d'amical, ni de professionnel.

Cette promenade au clair de lune n'était peut-être pas très avisée !

— Tu sais quoi ? lança-t-il. Il fait froid et on devrait retourner à la voiture.

— D'accord, dit-elle. On fait la course ?

— Pardon ?

Elle avait déjà plusieurs enjambées d'avance quand il réalisa qu'elle ne plaisantait pas. Ils coururent jusqu'à la limousine, et ils riaient comme des enfants quand ils y arrivèrent. Malgré ses escarpins à talons, elle avait failli le battre !

Ils s'adossèrent à la portière arrière de la voiture pour reprendre leur souffle. Le chauffeur descendit en secouant la tête.

— Vous êtes un peu fous, tous les deux. Si je puis me permettre...

Ils éclatèrent de rire.

— On sait, dit Eleanora.

— Allez, montez ! Il fait froid.

— Nous avons vu des flocons de neige ! dit Eleanora, tout excitée.

— Génial ! lâcha Sam, pince-sans-rire.

Quand le chauffeur referma la portière derrière eux, Eleanora et Marco échangèrent un regard, puis s'esclaffèrent à nouveau. D'un geste presque machinal, Marco passa le bras autour d'elle et la serra contre lui. Cela non plus n'était pas une attitude de patron. Ni d'ami. Il ne savait pas très bien ce que c'était, mais ce genre de gestes spontanés finirait par lui jouer des tours. Tôt ou tard, il l'embrasserait…

Dès qu'ils entrèrent dans le penthouse, Sunrise et Sunset se réveillèrent, et se mirent à bâiller sur le canapé.

— Nous avons oublié de les nourrir ! s'écria Eleanora.

— J'ai envoyé un SMS à Wisdom. Comme je ne sais jamais quand je rentrerai, elle reste disponible.

Elle s'approcha des chats, leur gratta la tête, puis se débarrassa de son manteau.

— Alors, vous vous êtes bien amusés aujourd'hui ?

Ils la fixèrent avec méfiance mais dès qu'elle fut sur le canapé, ils vinrent se blottir sur ses genoux.

— Je vous ai manqué, on dirait, mes jolis !

Sunrise frotta la tête contre son menton, tandis que Sunset la regardait en ronronnant.

— Je ne savais pas que tu aimais les chats, dit Marco.

— Je les adore. Ils aiment te voir rentrer à la maison, mais ils te regardent avec adoration au lieu de te sauter dessus pour essayer de te faire tomber à la renverse, comme les chiens.

— Tout à fait d'accord, dit-il en riant, tout en gagnant le bar. Ça ne t'ennuie pas que je me serve un verre ?

— Pas du tout.

Elle se leva, déposa les deux chats sur un coussin.

— Je vais regagner ma chambre pour me doucher et lire un petit moment avant de m'écrouler de sommeil. Au train où j'avance, je n'aurai pas fini ce roman avant le printemps !

— Très bien, répondit Marco.

Mais quand elle le dépassa pour gagner le couloir, il eut de nouveau envie de lui prendre la main et d'y déposer un baiser pour lui souhaiter bonne nuit. Il se maudit intérieurement. Il ne voulait pas tout gâcher !

Comme la porte de la chambre d'Eleanora se refermait, il tira son mobile de sa poche et se laissa tomber sur le canapé à côté de Sunrise et Sunset.

— Oui, je sais, vous me préfériez la jolie fille ! leur dit-il.

En guise de réponse, Sunrise s'étira, et Sunset se rendormit.

Marco consulta ses SMS. Il avait deux messages de Chiara. Il lui en envoya un pour savoir où elle était, et sa réponse évasive le mit presque mal à l'aise. Il tenta sans succès de la joindre par téléphone.

Après avoir récupéré le verre de whisky qu'il s'était servi, il renvoya deux messages à sa sœur. L'un pour lui demander où elle était – une fois de plus – et l'autre au sujet de leur voyage dans le Vermont, où ils devaient passer les Fêtes de Noël avec leur père.

Elle ne répondait toujours pas. Ignorant dans quelle partie du monde elle se trouvait, il supposa qu'elle pouvait être en train de dormir. Pourtant, il attendit encore, en espérant qu'elle pourrait être présente à la réunion festive tant attendue par leur père.

Cela valait mieux que de penser à Eleanora en train de se doucher, puis de se glisser entre les draps, juste au bout du couloir... Il l'imaginait nue, la tête sur l'oreiller, ses cheveux auburn contrastant joliment avec la taie blanche... Une image qu'il avait vue quand il l'avait quittée, au lendemain de leur nuit torride.

Il alla vider son verre dans l'évier avant de gagner sa chambre. Mieux valait chasser au plus vite ce genre de pensées, d'autant qu'ils avaient devant eux un long week-end de farniente !

8

Le lundi matin suivant, Eleanora entra dans le salon du penthouse, sa valise à la main. Leur course jusqu'à la limousine après leur balade dans Times Square l'avait grisée, et ce n'était pas une bonne chose. Il ne se passerait rien entre Marco et elle, elle devait l'accepter une bonne fois pour toutes.

De plus, Marco l'avait si bien évitée au cours du week-end qu'ils n'avaient discuté de rien. Était-ce parce qu'elle avait suggéré la création d'un nouveau poste pour elle dans l'entreprise qu'il avait gardé le silence ?

— Je retourne à Rome pour une semaine, dit-elle. Nous n'avançons pas beaucoup. Un peu de distance nous fera du bien.

Il la regarda par-dessus sa tasse de café. Alors qu'elle s'attendait à des reproches, il se contenta de dire :

— OK. Je te revois vendredi ?

Elle eut du mal à dissimuler sa surprise. Marco était du genre autoritaire, et il la laissait partir alors qu'il avait lui-même décrété qu'elle devait rester aussi longtemps que nécessaire pour régler la situation ?

— Lundi prochain, plutôt. J'arriverai le matin.

— D'accord.

Elle souriait en se dirigeant vers l'ascenseur, mais quand elle sortit dans le hall, un sentiment de solitude inattendu s'empara d'elle. Pendant le trajet jusqu'à l'aéroport, elle se dit qu'elle commettait une erreur en s'éloignant ainsi.

En Italie, il lui fallut deux jours pour s'adapter au décalage horaire, d'autant qu'il s'ajoutait à la fatigue de la grossesse. Mais en se rendant au Grand York Rome le jeudi, elle perçut les regards étranges et les murmures du personnel que l'épuisement l'avait empêchée de remarquer jusque-là.

Elle n'avait pas oublié que Sheila l'avait entendue parler de grossesse avec Marco. Elle savait que l'équipe les avait vus danser ensemble lors de l'inauguration. Elle ignorait s'ils en avaient tiré des conclusions, mais peu importait ! Le moment n'était pas venu d'annoncer à ses collaborateurs que c'était *elle-même* qui était enceinte. Il ne serait peut-être même jamais nécessaire de leur révéler que Marco était le père de son enfant, surtout si elle déménageait à Paris.

De plus, elle ignorait quelle serait l'implication de Marco auprès de leur bébé. Elle ignorait s'il accepterait qu'on sache qu'il avait fait un enfant à une employée. Elle n'était pour sa part pas du genre à faire des mystères, mais cette grossesse était une source d'ennuis, pour lui. Ce qui expliquait peut-être qu'il n'ait pas encore décidé de la manière dont il voulait gérer les choses.

Elle se présenta au siège social du Grand York de Manhattan, le lundi suivant, prête à parler avec lui. Mais elle ne le vit pas avant la fin de la journée.

Quand il vint la chercher à 18 heures passées pour rentrer à la maison, elle ne put s'empêcher d'avoir un coup au cœur. Il lui avait manqué ! Son allure à la fois décontractée et sexy avec ses manches de chemise relevées jusqu'aux coudes, son sourire, sa voix... son amour du travail et de l'entreprise familiale... Oui, tout cela lui avait manqué.

— Timothy m'a appris que tu étais de retour ! dit-il, son veston dans une main, rabattant ses manches de chemise de l'autre. Es-tu prête à rentrer à la maison ?

Elle hocha la tête et se leva tandis qu'il décrochait son manteau puis l'aidait à le passer. Il mit son veston, empoigna sa valise à roulettes et gagna l'ascenseur.

— Alors, Rome ? C'était comment ?

— Super.

Elle envisagea de lui parler des regards et des murmures de ses collègues, mais décida que les commérages n'avaient rien de pertinent. Ils soulignaient toutefois qu'ils devaient prendre quelques décisions.

— Je ne sais pas si je dois être fière ou contrariée que tout fonctionne très bien sans moi.

— Quand un projet affaire avance bien en l'absence de la personne qui le dirige, ça signifie qu'elle a bien formé son équipe.

Une fois dans la limousine, il lui posa une ou deux autres questions précises sur l'hôtel de Rome. Heureusement, elle avait étudié et mémorisé les éléments financiers. Il continua à discuter jusqu'au moment où ils émergèrent de l'ascenseur du penthouse. Elle le suivait de près, pressée de récupérer sa valise pour aller se changer dans sa chambre.

— Une dernière chose... dit-il alors.

Il lâcha la valise, mais au lieu de faire un pas en avant, il se retourna et ils se retrouvèrent face à face, à quelques centimètres de distance. Leurs regards se rencontrèrent.

— Oh ! pardon ! dit-il, reculant d'un bond comme s'il risquait de se brûler à son contact. Laisse-moi déposer tes affaires dans ta chambre, et ensuite, nous commanderons le dîner.

Son mobile sonna et il le sortit de sa poche en s'excusant auprès d'elle.

— Désolé, je vous avais totalement oublié ! s'excusa-t-il. Mais je peux parler, maintenant. Accordez-moi une minute.

Ayant mis l'appel en attente, il alla ouvrir un tiroir dont il tira trois menus qu'il tendit à Eleanora.

— Commande ce qui te fait envie. Et pour moi, un plat avec du poulet. Préviens Arnie qu'il y aura une livraison.

Elle acquiesça, et il reprit l'appel tout en s'éloignant dans le couloir.

En allant se changer, elle nota qu'il avait fermé la porte du bureau. Il devait s'agir d'un appel important, songea-t-elle avant de regagner le salon pour jouer avec les chats.

Après une semaine passée dans l'agitation incessante de l'hôtel romain, le penthouse était si calme ! Pour prendre un peu l'air, elle décida d'emmener les chats en promenade. Elle fit une halte dans le hall pour demander à Arnie de garder les plats au chaud quand ils arriveraient, puis sortit.

New York débordait de vie et d'énergie, mais dans le quartier résidentiel de Marco, toute cette animation semblait inconnue. Les arbres perdaient leurs feuilles, l'air devenait de plus en plus frais, et dans moins de deux semaines, ce serait Thanksgiving. Bientôt, elle annoncerait à ses parents qu'elle était enceinte. Livrer ce secret à ses proches la soulagerait, elle en était certaine.

Lorsqu'elle rentra de promenade avec les chats, Marco était toujours enfermé dans son bureau. Elle lui envoya un message pour le prévenir que le repas avait été livré, mais il ne se montra pas. Alors elle dîna, rangea la portion de Marco dans le réfrigérateur, puis alla se coucher.

Le lendemain matin, s'étant préparée pour une journée de travail, elle se rendit dans la cuisine où Marco regardait l'écran de son mobile, assis près de l'îlot central. Sans lever les yeux, il désigna d'un geste un sachet posé sur le plan de travail.

— J'ai acheté des bagels.

C'étaient les *premiers* mots qui n'avaient pas trait au travail qu'il lui adressait depuis son retour.

Elle voulut éviter de s'interroger sur ce repli, car le stress causé par sa grossesse ne l'affectait évidemment pas de la même manière qu'elle. Mais tout de même, son attitude avait quelque chose d'étrange. D'habitude, quand il avait un sujet d'inquiétude, professionnel ou personnel, il quêtait son avis. De plus, elle était justement à New York pour discuter, et son attitude était incompréhensible.

Elle décida de le taquiner un peu.

— Tu veux dire que tu as *commandé* des bagels.

— Non. Je n'arrivais pas à dormir. Alors, je me suis levé, et j'ai trouvé une boutique ouverte la nuit.

Elle sortit du sac un bagel et le mit dans le grille-pain, puis demanda en attendant qu'il dore :

— Pourquoi tu n'arrivais pas à dormir ?

— Je pensais à des choses.

— Au travail ?

— Non. Au prénom du bébé, à une bonne école…

— Ah oui ? Et ça a donné quoi ?

— Pour le moment, pas grand-chose.

— Alors, tu fais des recherches sur ton mobile ?

— Non, j'envoie un message à Chiara.

Eleanora aimait bien la sœur de Marco. Quand il était malheureux ou d'humeur morose, elle savait lui remonter le moral.

— Comment va-t-elle ?

— Très bien.

Il se leva. En pantalon gris et chemise blanche, il s'était visiblement habillé pour le bureau. Dans cette tenue, il était encore plus sexy, et…

Assez ! Il était ridicule d'avoir du désir pour un homme qui ne voulait pas d'elle, et elle devait à tout prix cesser de penser à lui de cette façon. Mais pourquoi, au juste ? Puisqu'elle avait renoncé à sa quête de l'amour absolu, qu'est-ce que ça pouvait faire, si elle fantasmait un peu ?

— Tu as informé Chiara, pour le bébé ?

— Non.

Sans ajouter un mot, il prit son mobile et s'éloigna.

Elle croqua dans son bagel avec un soupir de plaisir. Tout avait meilleur goût depuis qu'elle était enceinte !

Quand Marco reparut, un sourire figé aux lèvres, elle décida de crever l'abcès.

— Marco ! J'aimerais pouvoir évoquer librement ma grossesse avec toi, or j'ai l'impression que ce n'est pas le cas. De plus, nous n'avons toujours rien décidé pour le bébé. Il serait temps qu'on discute.

— Oui, répondit-il d'un air nonchalant, en prenant son

veston suspendu au dossier de sa chaise, j'ai pensé à des prénoms, ce matin. On en parlera après le boulot, ce soir.

— Le prénom, c'est un bon point de départ, dit-elle.

— On verra ça ce soir.

— Entendu.

— Je prends la limousine. Sam reviendra te chercher.

Frustrée, elle le suivit du regard jusqu'à ce qu'il ait disparu dans l'ascenseur.

Ce soir-là, ils rentrèrent ensemble. Une fois dans l'appartement, il commanda des plats chinois tandis qu'elle allait se changer dans sa chambre.

Elle se mit en jogging, et changea son T-shirt ample pour un débardeur.

Il haussa légèrement les sourcils quand il la vit, mais ne fit pas de commentaire. Eleanora lui sourit et lança :

— Mmm ! Ça sent bon !

Arnie venait de repartir après leur avoir livré leur commande, et Marco coula un regard vers Eleanora. La joie peinte sur son joli visage aurait éveillé le désir de n'importe quel homme. Alors qu'elle humait son plat avec délice, le petit débardeur s'étira, mettant en relief ses seins dont la peau était si douce – il ne l'avait pas oublié.

— Sortons des assiettes ! dit-il en se tournant vers les placards.

— Trop tard. J'ai déjà ouvert la boîte de canard à l'orange et grignoté un morceau.

— Tu auras une assiette quand même !

Elle lécha la sauce qui lui collait aux doigts, et il tourna aussitôt la tête. Elle le mettait au supplice !

Ils dînèrent en silence. C'était la meilleure solution, faute de pouvoir maîtriser sa voix, qui devenait rauque chaque fois qu'il la regardait. Il avait cru que leur éloignement, pendant qu'elle était à Rome, diminuerait son attirance pour elle. Peine perdue ! Des souvenirs venaient hanter sa mémoire - la douceur de sa peau, l'odeur de son shampoing, le contact soyeux de sa chevelure entre ses doigts… Au lieu de sentir décroître son attirance, il se remémorait une foule de détails avec plus de précision encore qu'au lendemain de leur nuit d'amour…

Il la contourna pour sortir la cuisine.

— Il y a un match, ce soir. J'ai envie de le regarder.

Elle finit de ranger ses assiettes dans le lave-vaisselle, puis s'assit au comptoir. Il ne voulait pas l'encourager à s'asseoir près de lui. Il avait vraiment besoin d'un peu d'espace.

— Très bien. Je vais lire un peu…

Il ne leva pas les yeux.

— Bonne nuit…

Elle se retira dans sa chambre, mais sa senteur s'attarda dans la pièce. Il étouffa un juron, avant de se concentrer sur le match.

Et tant pis s'ils avaient oublié de parler du prénom du bébé !

Le lendemain matin, quand il se leva, il la trouva dans la cuisine, en train de manger un bagel. Après s'être servi une tasse de café, il dit :

— Si c'est un garçon, j'ai pensé qu'on pourrait l'appeler Joshua.

— Oh ! le prénom de ton père ! C'est adorable, mais mon père pourrait être froissé.

— Je n'y avais pas pensé.

— Tu as choisi un prénom, si c'est une fille ?

Comme il l'avait espéré, une discussion concrète canalisait son attirance. Adossé au plan de travail, la tasse de café chaud entre les doigts, il suggéra :

— Que penses-tu de Margarita ?

— Tu veux donner à notre enfant le nom d'une boisson à base de tequila ?

— C'est aussi un très joli prénom.

— Marguerite, oui, c'est joli. Mais Margarita ! Un cocktail. Tu imagines les vannes qu'elle subirait, au collège ?

Elle se leva brusquement.

— Je vais chercher mes affaires. On peut aller au travail ensemble, ce matin ?

Il sourit et hocha la tête, mais une fois qu'elle fut hors de vue, il soupira. Elle avait mis abruptement un terme à la discussion sur les prénoms. Du moins avait-il cessé quelques instants de penser à tout ce qu'il avait envie de faire avec elle…

Ce soir, s'ils achoppaient sur les prénoms, il aborderait le sujet du droit de garde et de visite. Cela pourrait provoquer une dispute, mais ce serait peut-être une bonne chose ? Il serait peut-être moins attiré par elle s'il se rappelait que certaines décisions importantes pouvaient faire d'eux des adversaires.

Rassuré, il partit avec elle au bureau. Ils se séparèrent dans le hall, et il consacra l'heure suivante à la préparation d'une réunion avec ses vice-présidents, puis le reste de la matinée à examiner avec eux divers rapports et sujets.

Au moment de clore la réunion, il dit soudain :

— Eleanora m'a soumis une idée, et je ne sais pas très bien quoi en penser.

Ses collaborateurs le regardèrent, dans l'attente.

— Après son expérience à l'hôtel de Rome, elle a suggéré que nous pourrions envisager de lui confier le projet de l'hôtel de Paris.

Sally Jenkins fronça les sourcils.

— Elle ne se plaît pas là-bas ?

— Si, mais elle adore s'occuper de la planification, de la construction, préparer l'inauguration...

Cette fois, tout le monde fronça les sourcils.

— Elle suggère une création de poste, donc, observa Bob Marin.

— Il faut reconnaître que ça aurait ses mérites.

— Peut-être, dit Sally.

Son vice-président, Orville Santangelo, remarqua :

— Elle acquerrait une expertise dans ce genre de projets.

— Je crois que c'est ce qui la motive, dit Marco. Bon, nous allons nous en tenir là. Je vous propose d'envisager le pour et le contre pendant le week-end et d'en reparler la semaine prochaine.

— Je suis toute disposée à y réfléchir, dit Sally, mais honnêtement, Marco, Eleanora n'est pas celle qui convient à ce job.

— Elle n'est pas experte en construction, se hâta de dire Marco, mais quand elle suggère une modification des plans, elle intervient du point de vue d'une directrice de palace, qui veut que tout fonctionne avec efficacité et sans accroc. Les architectes prennent le relais ensuite.

Sally soupira.

— Marco, ce n'est pas la question. Tu sais qu'elle est enceinte, non ?

Marco se figea, mais se ressaisit aussitôt.

— Oui. Nous sommes amis. Elle se confie à moi.

— Quand elle rejoindra l'équipe parisienne, son enfant sera né et...

— Suggères-tu qu'elle soit discriminée parce qu'elle sera bientôt mère ?

— Non ! Je veux dire que nous ignorons comment se terminera sa grossesse.

— Par la naissance d'un enfant ?

— Ne sois pas obtus, Marco ! Il n'y a pas que des grossesses sans histoire. Tous les enfants ne naissent pas en bonne santé, tu sais. C'est un risque à prendre.

Il s'affaissa sur son siège sous les regards curieux de son équipe. Ils ignoraient qu'il était le père du bébé, et qu'à l'idée qu'il puisse lui arriver quelque chose il était gagné par la peur.

Il se leva maladroitement, si pressé de partir qu'il arrivait tout juste à rassembler ses affaires.

— Très bien. Envisageons la proposition de façon générale. Si ça fonctionne, nous discuterons sa candidature en tout premier lieu, pour pourvoir le poste.

— Marco, dit patiemment Sally, tu veux éviter un procès, mais tu dois être réaliste. Il y a quantité de prétextes que nous pourrions invoquer pour justifier qu'Eleonora ne convient pas pour ce poste. Nous ne sommes pas tenus de la prendre parce qu'elle a eu l'idée.

— Je suppose que non, mais j'aime à croire que notre entreprise est équitable. Donc, nous ferons comme je l'ai dit !

Le silence se fit dans l'assistance alors qu'il gagnait le seuil. Un instant, il fut tenté de dire qu'il était le père du bébé, mais c'était aller au-devant d'un tas d'ennuis.

Il pourrait, par exemple, être accusé de partialité en ce qui concernait Eleanora. De plus, la nouvelle viendrait aux oreilles de son père, or il voulait la lui annoncer lui-même, et en priorité.

Sidéré de prendre conscience de tout cela maintenant seulement, il réalisa d'un seul coup qu'il s'était comporté en spectateur, vis-à-vis de cette grossesse. Il n'était pas assez impliqué pour envisager les choses dans leur ensemble, prendre en considération tout ce qui pouvait mal tourner. Et de plus, il laissait tomber Eleanora.

9

En arrivant, ce soir-là, Marco surgit en trombe de l'ascenseur. Plissant le front, Eleanora posa sur ses genoux le livre qu'elle était en train de lire.

— Qu'est-ce qu'il y a ?

— J'ai voulu te raccompagner en voiture, mais tu étais partie.

— J'ai eu un grand coup de fatigue, alors je suis rentrée et j'ai fait une sieste, puis j'ai terminé mon travail à partir d'ici.

Il hocha la tête, ôtant son pardessus et son écharpe.

— La sieste était une bonne idée, dit-il en venant se percher sur un bras du canapé. Tu n'es pas malade, au moins ?

— Mais non, voyons ! J'étais fatiguée, c'est tout.

— Si tu te sentais mal, tu me le dirais, hein ?

— Aux urgences à Rome, à qui ai-je téléphoné ?

— À moi.

— Tu vois bien ! Tu seras toujours le premier informé.

Cela parut le rasséréner, et il gagna la cuisine.

— Tu as envie de quelque chose de particulier pour dîner ?

— Je n'ai pas très faim. Un sandwich me suffira.

Il rit, mais d'un rire forcé, comme si le cœur n'y était pas.

Il la laissa préparer les sandwichs et quand ils mangèrent, il l'interrogea de nouveau sur son état. Il commença par aborder le risque de prééclampsie, voulut savoir s'il y avait des antécédents de diabète dans sa famille. Ensuite, ce fut la tension artérielle : avait-elle des vertiges ? Après ça, il lui parla des signes indicateurs d'un *placenta prævia*, bref : de tout ce qui pouvait compliquer une grossesse !

— Tu devrais arrêter les recherches sur Internet ! lança-t-elle. Il y a une différence entre se préparer et se faire peur. À moins que… Qui *est au courant* ici, au siège social ?

— Plus de gens que tu ne crois. Quelqu'un a évoqué le sujet à la réunion du conseil d'administration, aujourd'hui.

— Comment se fait-il que vous ayez mentionné mon nom dans une réunion directoriale ?

— J'ai soumis ton idée d'une directrice qui conduirait le lancement de nos hôtels en Europe.

— Je vois, dit-elle, mi-flattée mi-inquiète, puisqu'il était visiblement sorti bouleversé de cette réunion.

— Ils ont insisté pour que je m'assure du bon déroulement de ta grossesse avant d'envisager ta mutation.

Il n'avait pas dû être préparé à l'idée que quelque chose puisse mal se passer pour elle et le bébé. C'était ce qui l'avait inquiété.

— Oh ! Marco… Ils ont semé le doute sur la santé du bébé, c'est ça ?

— Ils m'ont rappelé que toutes les grossesses ne se déroulent pas forcément bien.

— C'est vrai, mais nous avons tous les deux un bon patrimoine génétique et l'échographie était très rassurante. J'ai une liste de sages-femmes que m'a donnée le médecin des urgences, en Italie. Dès mon retour, j'en appellerai une.

— Je crois qu'on devrait en avoir une ici aussi.

— Je vais bientôt rentrer à Rome. Je ne peux pas rester.

— Pourquoi ? Tu n'as encore rien dit à tes parents. Jeudi prochain, c'est Thanksgiving. Tu pourrais le faire à ce moment-là, non ? En fait, je pourrais venir avec toi, on le leur annoncerait ensemble.

— J'avais l'intention de le leur dire à ce moment-là, en fait.

— L'occasion parfaite pour faire circuler la nouvelle dans nos familles.

— D'accord. C'est bon comme ça ?

Il lui présenta sa veste.

— D'accord pour Thanksgiving. Mais pas pour ton poste de directrice itinérante de nos hôtels européens.

— L'idée n'a pas plu au conseil ?

— Si, ils l'adorent. C'est à ton sujet qu'ils ont des doutes. Je n'ai pas apprécié la manière dont ils ont disséqué ta vie pour s'assurer que tu répondrais à nos objectifs.

— C'est leur rôle, non ? dit-elle après réflexion, tout en prenant son sac et sa mallette.

— Oui, mais...

— Pas de *mais*. Si nous avons des conseillers, c'est pour qu'ils évaluent toutes les idées et s'assurent de leur bien-fondé. Laisse-les démêler les choses et te fournir des données précises. Ensuite, tu prendras ta décision.

Elle le prit par le bras et l'emmena vers l'ascenseur. Ce n'était pas le bon soir pour parler de la garde du bébé. Il avait besoin de se relaxer.

— Et si je t'invitais à dîner ? suggéra-t-elle.

— Il n'y a pas de souci. Je peux...

— On est entre amis. Tantôt c'est toi qui paies, et tantôt c'est moi ! coupa-t-elle en riant. Et puis comme ça, je peux choisir l'endroit.

Il leva les yeux au ciel.

— Tu peux toujours choisir. Tu sais très bien que j'aime toutes les cuisines. De quoi as-tu envie ?

— Un steak !

Il l'emmena dans un restaurant italien renommé pour sa *bistecca alla fiorentina*. Alors qu'ils revenaient vers la limousine après avoir savouré la délicieuse côte à l'os rôtie, ils passèrent devant une boulangerie. Marco s'y précipita pour acheter une demi-douzaine de bagels, des pains aux raisins et des beignets.

— C'est ton en-cas de minuit ? dit en riant Eleanora quand ils ressortirent dans l'air glacial.

— Ce sont tes futurs petits déjeuners.

— Tout ça pour moi ?

— Pourquoi pas ? Tiens, nous approchons du Rockefeller Center. Si on allait voir les patineurs ?

— Wisdom va s'occuper de Sunrise et Sunset ?

— Je lui ai envoyé un SMS.

Il n'était décidément pas prêt à rentrer. Elle avait cru que la conversation sur la réunion du conseil l'avait soulagé, et que le savoureux repas avait achevé de le mettre de bonne humeur. Mais il restait nerveux. Quelque chose le tracassait, qui n'avait rien à voir avec la réaction du conseil d'administration.

— Bon, d'accord, allons voir les patineurs !

Ils franchirent quelques pâtés de maisons dans la froideur de la nuit. Des lumières illuminaient le Rockefeller Center et ses abords. Elle regarda l'ensemble de gratte-ciel qui environnaient la patinoire en plein air de Rockefeller

Plaza. Chaque fois qu'elle venait ici, elle avait l'impression de pénétrer dans un monde à part, un pays enchanté.

— Dommage qu'on ne puisse pas voir les étoiles, dit-elle.

Marco la regarda. Son visage était dans l'ombre, mais elle distinguait ses traits ciselés, son regard un peu grave, si sexy ! Son inquiétude pour leur bébé faisait vibrer sa corde sensible, sa sollicitude envers elle la remplissait de nostalgie. Elle avait envie de se blottir contre lui, et de parler du bébé comme un vrai couple au lieu d'envisager droits de garde et de visite. Elle aurait voulu lui parler d'avenir au creux d'un lit.

Hélas, Marco ne voulait pas de cela.

— Les lumières de la ville nous empêchent de voir les étoiles, dit-elle en désignant le ciel.

Il y eut un bref silence, puis elle reprit :

— J'ai un peu voyagé en Italie, passé des week-ends à la campagne. J'aimais voir les étoiles. Elles brillaient tellement qu'on aurait dit qu'elles nous souriaient !

Il eut un léger rire

— Nous sommes deux citadins de naissance que le vaste monde impressionne facilement.

Elle lui décocha un petit coup d'épaule.

— Ou alors, deux citadins qui ont beaucoup de chance

Il s'accouda à la rambarde en fer forgé.

— Oui. Nous sommes chanceux, en effet.

Elle glissa un bras sous le sien pour se lover contre lui, ainsi qu'ils le faisaient toujours quand ils avaient une discussion sérieuse. Envahie du désir fou d'être à lui, de caresser son corps nu, elle s'écarta vivement, comme si elle avait voulu lui donner une brève étreinte amicale

— Oui, nous avons de la chance, reprit-elle, et maintenant, nous attendons un enfant.

— Oui.

— Mais il y a encore quelque chose qui ne va pas, je l'entends dans ta voix. Qu'est-ce qui se passe ?

— Tu veux la vérité ?

— Oui !

— C'est toi qui portes le bébé. Si tu as des nausées, tu peux essayer de les soulager. Si tu es fatiguée, tu fais la sieste.

— Je ne comprends pas…

— J'ai le sentiment d'être extérieur à tout ça, spectateur. J'ignore si tu as faim, si tu es fatiguée, si tu as des nausées…

Cela expliquait toutes les questions de la semaine écoulée, l'achat des bagels et des beignets. C'était aussi le prix à payer parce qu'ils gardaient leurs distances – or c'était lui qui avait fait ce choix. Elle soupira.

— Si je peux me permettre de te donner un conseil, arrête d'aller sur Google. Tu te fais peur pour rien !

Il eut un pâle sourire.

Ils regardèrent les patineurs pendant un moment, puis ils rentrèrent.

De retour au penthouse, Eleonora alla prendre une douche pour laisser à Marco le loisir de digérer ce qu'elle avait dit. Alors qu'elle achevait de se rincer, elle constata que son ventre commençait à s'arrondir visiblement. C'est alors qu'elle eut une idée… Elle se sécha à la hâte, enfila un pyjama ample et se précipita dans le salon, mais Marco n'y était plus. Elle alla frapper à la porte de sa chambre.

— Marco ? Tu es présentable ?

— Oui.

Elle ouvrit et entra. Debout au pied du lit, il avait ôté

son veston et sa cravate, était pieds nus, comme s'il s'apprêtait lui aussi à prendre une douche. De nouveau, elle sentit un désir fou s'emparer d'elle. Elle le revit, le soir de l'inauguration, déboutonner sa chemise, retirer sa cravate, envoyer valser ses chaussures…

Elle déglutit avec difficulté ; Il ne fallait pas perdre de vue son objectif ! Elle s'approcha de lui, lui prit la main et la posa sur son ventre.

— Tu sens quelque chose ?

Il la regarda comme si elle avait perdu l'esprit.

— Mon ventre s'est arrondi. C'est le bébé.

Il laissa échapper un rire surpris.

— Oh…

Elle lui lâcha la main.

— C'est mieux quand on voit.

Elle souleva légèrement le haut de son pyjama et, de nouveau, lui prit la main pour la poser à même sa peau. À présent, il voyait et sentait sous ses doigts le petit renflement.

— Incroyable… murmura-t-il, captant son regard.

Elle ne s'écarta pas, ni ne retira sa main, troublée elle aussi.

— C'est notre bébé…

— Oui, notre bébé.

— Tu sembles vraiment heureuse.

— Je le suis.

Elle retint son regard, comme pour le convaincre de ce qu'elle s'apprêtait à dire. Dans l'intimité de la chambre, il lui était apparemment plus facile de s'exprimer. Elle refoula son appréhension. Pourvu qu'elle ait le courage d'aller jusqu'au bout de son propos !

— Quand tu m'as expliqué pourquoi tu ne voulais pas

d'une relation durable, je me suis interrogée sur ma vie, avoua-t-elle. Et j'ai pris conscience qu'elle me convenait très bien comme ça. Mes expériences avec les hommes m'ont montré que je n'avais peut-être pas vraiment envie de rencontrer le prince charmant, de me caser. Puis, les choses se sont… précipitées, et j'ai compris que la prochaine étape de ma vie, c'est ce bébé, conclut-elle en riant. Je vais être *maman* !

Marco scruta son visage rayonnant.

— Tu veux dire que si tu retires de l'équation l'amour idéal, ta vie est une réussite ?

— Oui ! dit-elle avec un nouveau rire joyeux. J'ignore si c'est un effet des hormones, mais je mesure enfin ma chance. J'ai une vie professionnelle dont je peux être fière, un appartement à Rome, des amis, ma famille… Et en plus, maintenant, un bébé ? Je suis comblée.

Il eut un petit rire.

— Alors, on dirait que nous sommes comblés tous les deux.

— Mais oui !

Le silence s'installa dans la pièce. Eleanora était devant lui, fière d'être la mère de l'enfant qu'il avait engendré. Il avait toujours la main sur l'arrondi léger de son ventre, et il n'avait plus l'impression d'être exclu. Entre eux, la distance n'existait plus.

Sachant qu'ils s'aventuraient en terrain glissant, il voulut s'écarter de nouveau, mais elle le retint.

— Je n'ai pas fini. Je suis heureuse que tu sois le père de mon bébé. Il nous reste des choses à régler, d'accord. Mais comparé à tous les losers avec lesquels je suis sortie…

Il s'esclaffa.

— Je suis sérieuse, Marco. Tu es mon meilleur ami. Il

n'y a aucun autre homme avec qui je préférerais élever mon enfant. Attention, tu ne m'imposeras rien en ce qui concerne les visites et la garde. Ce sera un défi à relever. Mais nous y parviendrons. Pour ce qui est d'apprendre la vie à mon petit garçon ou ma petite fille, et les vacances, et les parties de pêche, et les cabanes dans les arbres, et les décisions à prendre… je n'aurais pas pu choisir quelqu'un de meilleur que toi.

Ces paroles le touchèrent au cœur. Quand elle présentait les choses de cette manière, il réalisait qu'il n'aurait voulu aucune autre femme qu'elle pour porter son enfant.

— Moi non plus, je n'aurais pas pu choisir quelqu'un de meilleur que toi, dit-il.

— Nous serons des super parents.

Il eut un rire étranglé.

— Je n'ai pas passé de vacances avec mon père depuis trois ans. Les relations entre ma sœur et moi se résument à des SMS et des coups de fil. Mais à part ça, tout baigne !

— Ta famille a traversé une épreuve. Et chacun gère son chagrin comme il peut. Tu n'as pas cessé d'aimer ton père, jamais perdu le contact avec ta sœur. Tu as tenu bon là où d'autres auraient démissionné.

— Mon père tient beaucoup à nos retrouvailles de Noël, et j'ai peur que Chiara se défile. Je ne peux même pas lui en vouloir. Il y a des jours où je voudrais avoir d'autres projets, au lieu de devoir aller dans l'endroit qui me rappelle le plus ma mère.

— Mais tu iras quand même

Il hocha la tête.

— Oui, j'irai.

— Et c'est une des raisons qui fait de toi un type bien.

Tu as le sens des responsabilités et de la famille, plus que tu ne crois.

Cela expliquait ses sentiments protecteurs envers Eleanora, et son désir soudain d'être un bon père, pensa-t-il.

— Merci pour ce moment, lui dit-il, la main toujours posée sur son ventre.

Le temps parut suspendu alors qu'ils se contemplaient. Puis, se haussant sur la pointe des pieds, elle effleura ses lèvres des siennes. C'était si beau, si doux qu'il en eut le cœur serré. Rien n'était plus parfait. Ce moment, il s'en souviendrait toute sa vie. L'osmose était si forte entre eux qu'il sentit s'éveiller en lui une émotion inédite qu'il n'aurait pas su nommer. Jamais il n'aurait cru pouvoir éprouver simultanément le bonheur d'avoir un enfant et un désir viril des plus brûlants – deux sentiments a priori incompatibles…

— De rien, lui dit-elle. J'ai réfléchi à tout ça plus que tu ne le crois.

— Et ça t'a menée à quoi ?

— C'est peut-être la seule fois que chacun aura un enfant. La seule fois que chacun pourra vivre une grossesse. Il est vraiment dommage qu'on ne la vive qu'à moitié.

— À moitié ?

— Marco, nous sommes amis. Nous avons passé une nuit ensemble. C'est stupide de rester en retrait alors que nous pourrions partager une expérience merveilleuse, tu ne crois pas ?

Il sentit sa gorge s'assécher.

— Ce sera bien assez difficile quand je serai rentrée à Rome et que nous serons éloignés l'un de l'autre. Pourquoi gâcher le temps dont nous disposons au lieu d'en profiter comme tous les couples de parents ?

Elle lui adressa un sourire d'espoir, et il se sentit perdu. Il ne s'agissait pas seulement de sexe. Depuis qu'il la savait enceinte, il cherchait un rapprochement entre eux. Il l'avait amenée chez lui dans l'espoir de tout partager avec elle, comprit-il soudain.

Il l'embrassa, lentement et longuement. Puis, le cœur près d'exploser, il s'écarta.

— Tu es sûre de toi ?

— Marco, je ne comprends même pas comment il a pu nous falloir tant de temps pour réaliser que nous devrions partager cette expérience.

Il rit.

— En tout cas, notre amitié prend une nouvelle dimension, c'est sûr.

Doucement, elle commença à déboutonner sa chemise.

— Nous voulons être pleinement parents, c'est tout.

Elle lui dégagea les épaules, et la chemise glissa au sol, bientôt suivie par sa veste de pyjama qu'il fit passer par-dessus sa tête.

— Tu triches, non ?

Il venait de révéler les beaux seins dont il avait gardé le souvenir. Il s'inclina pour en happer la pointe, passa la langue sur la peau douce et laissa échapper un gémissement rauque.

— C'est comme dans mon souvenir…

— Moi aussi.

Plus heureux que jamais, il promena ses mains sur le dos d'Eleanora, et posa les lèvres dans son cou, puis glissa les mains sous la ceinture du pyjama d'Eleanora…

En un éclair, ils furent nus, peau contre peau. Inondé d'un désir brûlant, il la fit basculer sur le lit et assouvit sa soif d'elle, explorant la moindre parcelle de son corps.

Les doigts d'Eleanora, qui se promenaient sur sa peau, attisaient le feu, et il fait courir ses lèvres sur ses seins, son ventre, avant de lui prodiguer la plus intime des caresses.

Puis, un désir fou s'empara de lui, exigeant l'assouvissement. Il la pénétra d'un puissant coup de reins. C'était si parfait qu'il faillit s'abandonner à la jouissance, mais il résista, et l'emporta dans un tourbillon sensuel qui les chavira tous deux. Très vite, ils jouirent dans un même cri, et cet orgasme les secoua jusqu'au plus profond de leur être.

10

Haletant, Marco roula sur le dos tandis qu'Eleanora, le souffle court, s'abandonnait à une délicieuse langueur.

— C'était une bonne idée, dit-il.

— Oui. Et n'oublie pas qu'elle venait de moi !

Il rit.

— Oh ! je l'ai eue bien avant toi ! Je m'interdisais seulement de passer à l'acte pour ne pas t'offenser. Je ne m'autorisais même pas à chercher un moyen de la concrétiser.

— Un bon prétexte, tu veux dire ?

Il se redressa à demi.

— Mademoiselle DeLuca, auriez-vous recouru à la ruse pour me mettre dans votre lit ?

— Non, mais… nous allons devenir parents. Cela implique une certaine intimité, non ?

— Tout à fait ! dit-il en glissant une main sous ses fesses.

— Tu viendras me voir à Rome, alors ?

Il hocha la tête.

— Et tant que tu seras autorisée à prendre l'avion, j'attendrai que tu viennes me voir à Manhattan.

Eleanora réfléchit.

— J'ai un jet privé, fit-il valoir. *Nous* avons un jet privé, et il est à ta disposition. Une fois que tu seras habituée à ce mode de transport, tu verras que notre enfant pourra me rejoindre sans peine à Manhattan.

— Tu mettrais un nourrisson dans un avion pour lui faire traverser l'Atlantique et l'accueillir à l'arrivée ?

— Non. Je pourrais aller le chercher à Rome ou en charger une nounou. Si on avait une nounou commune, ce serait plus simple, d'ailleurs.

— Oh... Je vois ce que tu veux dire.

— Très bien. Si tu peux envisager ça, j'aimerais te soumettre autre chose, continua-t-il en faisant courir négligemment son doigt sur sa peau. Reste avec moi jusqu'au 1er janvier !

— Tu veux que je reste jusqu'à la fin des vacances de Noël ?

— Oui. Réfléchis. Tu passes déjà Thanksgiving ici pour qu'on annonce la nouvelle à tes parents, et tu as promis à ta mère d'être présente au réveillon de Noël. En t'invitant à rester, je t'épargne des allers et retours en avion.

Elle lâcha un petit rire.

— Tu es tellement serviable ! ironisa-t-elle.

— Mais oui ! dit-il avec sérieux. Je le suis.

Leurs regards se rencontrèrent et quand il se pencha vers elle, elle sentit son corps s'embraser et son cœur se gonfler de joie. Entre ses bras, elle avait trouvé le meilleur des refuges.

Quand elle se réveilla le lendemain, ce fut sous le regard de Marco, qui la contemplait.

— Bonjour.

— Bonjour. Qu'est-ce qu'il y a ?

— Rien. Je me demandais quand on pourra sentir bouger le bébé.

— Dans quatre mois environ.

— Et on en est à… ?

— Pratiquement trois mois.

— Alors, on pourra le sentir bouger à Noël ?

Elle hocha la tête.

Il lui donna un baiser, puis se leva.

— Raison de plus pour que tu passes les Fêtes ici !

Elle rit.

— Tu peux arrêter de plaider ta cause. J'ai décidé que c'était une bonne idée. Même s'il serait bon que je fasse une ou deux apparitions à Rome. Je pourrais aller là-bas juste après Thanksgiving, et ensuite aux alentours du 15 décembre ?

— Pour y rester une semaine à chaque fois ?

— Deux ou trois jours, pas plus.

— Très bien.

Il la prit par la main pour l'aider à sortir du lit, et l'entraîna vers la salle de bains. Après avoir fait l'amour sous la douche, et dégusté des beignets en guise de petit déjeuner, il l'aida à transporter ses bagages depuis la chambre qu'elle occupait dans sa suite avant d'aller faire des courses de Noël.

— Les autres années, dit-il, j'ai envoyé des fleurs ou des confiseries, des grands classiques. Mais pour nos retrouvailles en famille, il faut de vrais cadeaux.

— C'est sûr. Ils venaient d'où, tes chocolats ?

— Je les ai fait expédier de Belgique… Pourquoi ? Tu as envie de chocolats ?

— Eh bien… pourquoi pas ?

— Je prends note, dit-il en déposant la valise sur un petit banc, pour qu'elle y accède facilement.

Elle rangea ses affaires dans deux tiroirs qu'il vida pour elle, suspendant ses tailleurs dans l'espace penderie qu'il avait libéré.

Sautant le repas, ils se rendirent chez Bloomingdale's, puis chez Saks, sur la Cinquième Avenue. Il ne dénicha pas de cadeau pour son père, mais Eleanora l'aida à choisir un beau pull en cachemire pour Chiara. Elle acheta un pyjama pour sa mère, puis décida de commander une trousse à outils pour son père.

— Pour lui permettre de bricoler un peu à la maison.

— Bonne idée ! commenta Marco.

Il pensa aux travaux nécessaires dans le chalet familial du Vermont, où son père voulait passer le réveillon. Puis, sur une impulsion, ils entrèrent dans un magasin de jouets. Marco regarda autour de lui, émerveillé.

— Si on achetait un berceau décoré de personnages de dessin animé ?

Eleanora éclata de rire.

— Un mobile serait plus indiqué. As-tu l'intention de couvrir notre bébé de cadeaux ?

— Peut-être. Va savoir !

Il passa une heure à regarder des jouets auxquels leur fils ou leur fille ne s'intéresserait pas avant des années. Elle le laissa faire, car cela lui évitait de penser aux complications éventuelles de la grossesse. Et il sembla beaucoup apprécier ce moment de détente.

Pour Thanksgiving, ils allèrent ensemble chez les parents d'Eleanora, en Range Rover. Ils atteignirent la demeure de style colonial après avoir roulé sans se presser. Une légère couche de neige recouvrait le sol. Par sécurité, Marco se hâta de contourner le 4x4 pour ouvrir la portière à Eleanora et l'aider à descendre. Il lui tint la main alors qu'ils gagnaient l'entrée, mais la relâcha lorsqu'elle ouvrit la porte.

Il ne savait pas très bien quoi penser du volet sensuel de leur relation de « parents en couple », mais il était sûr qu'il serait déloyal de donner une fausse impression au père et à la mère d'Eleanora. Ils allaient avoir un enfant ensemble, mais en ce qui concernait les liaisons durables, ils étaient sur la même longueur d'onde : ils n'y croyaient pas. Eleonora avait eu des relations qui n'avaient pas marché. Quant à lui, il était conscient comme elle du caractère éphémère des relations sentimentales. Ils avaient donc préféré ne pas révéler la leur aux DeLuca.

— Maman ! On est là !

Patty, la mère d'Eleanora, surgit de la cuisine, tout en s'essuyant les mains à un torchon. Elle étreignit sa fille, puis Marco.

— C'est merveilleux que tu aies pu te libérer ! dit-elle à ce dernier, en s'écartant de lui.

— Je ne passe pas toujours les Fêtes en famille.

— Tu devrais les passer ici plus souvent, alors ! s'écria Patty DeLuca.

Marco se mit à rire.

— Merci pour l'invitation. Mais tu te fatiguerais vite de me voir.

— Ne dis pas de bêtises, voyons ! James ! Les petits sont là !

Eleanora leva les yeux au ciel en entendant sa mère les appeler ainsi, mais Marco ne fut pas surpris. Depuis l'époque où il avait six ans et Eleanora cinq, ils étaient amis, et ses parents l'avaient reçu plus d'une fois.

James DeLuca quitta le salon pour venir les saluer. Il étreignit sa fille, puis serra la main de Marco.

— Alors, comment vont les affaires ?

— Ce n'est plus pareil depuis que tu as pris ta retraite ! répondit Marco

James DeLuca fournissait aux restaurants de la chaîne Grand York du linge de cuisine et de lit. Il avait bâti une petite fortune, qui lui avait permis de s'offrir cette belle maison dans le Connecticut.

— Tu plaisantes ! lança-t-il. J'ai confié la compagnie à quelqu'un d'autre, mais mes anciens employés n'ont pas oublié comment bien faire leur travail.

— Certes, approuva Marco. Ton entreprise est toujours leader dans son domaine, tu sais.

James prit leurs manteaux. Pendant qu'Eleanora donnait un coup de main à sa mère en cuisine, Marco regarda un match de base-ball avec son père. Il y avait un bol de chips sur la table basse, et des bouteilles de bière dans un seau à glace.

— Sers-toi donc ! dit James.

Marco prit une bière.

— Alors, quoi de neuf ? Comment va Joshua ?

— Bien, dit Marco.

Du moins, à en juger par les conversations téléphoniques qu'il avait avec son père.

L'une des équipes marqua un but, et une clameur s'éleva dans les gradins. James lâcha un juron et reporta son attention sur le jeu jusqu'au moment où Patty vint lui demander de l'aide.

Un moment plus tard, Marco et Eleanora mettaient le

couvert et James découpait la volaille sous l'œil attentif de Patty.

Puis ils passèrent à table. La dinde était parfaite, la sauce divine, la purée fondante, et la tourte du dessert un délice absolu.

Ils parlèrent de tout et de rien. Marco attendait qu'Eleanora annonce la bonne nouvelle, mais elle ne mentionna pas sa grossesse. Lorsque Patty se leva de table pour débarrasser, Marco la retint.

— Nous avons quelque chose à vous annoncer, Eleanora et moi.

Eleanora haussa les sourcils, et Patty se rassit.

— Ah, bon ?

Eleanora s'éclaircit la gorge.

— Oui, maman. Euh… Marco et moi allons avoir un enfant.

Sous le choc, Patty porta la main à sa poitrine.

— Mais… c'est merveilleux !

James se leva pour étreindre sa fille, presser la main de Marco, qu'il finit par serrer très fort dans ses bras.

— Je vais vous offrir le mariage de l'année, dit-il.

Comme ni Eleanora ni Marco ne répondaient, le silence se fit dans la salle à manger. Pour finir, Eleanora lâcha sa bombe :

— Nous n'allons pas nous marier.

Le regard de James se riva sur Marco.

— Quoi ?

— Eh bien, nous sommes amis, dit Marco, mais nous ne sommes pas vraiment…

—… en couple, acheva Eleonora.

— Qu'est-ce que tu racontes ? répliqua James en désignant le ventre de sa fille. Ce bébé prouve le contraire, non ?

— Non, papa, dit Eleanora. Nous sommes tous les deux très investis dans notre carrière, et nous n'avons pas de temps pour une relation sérieuse.

Patty se rembrunit.

— Mais vous aurez du temps à consacrer au bébé, j'espère ! demanda-t-elle. Comment cela pourra-t-il marcher, si vous habitez dans deux pays différents ?

Marco se rassit, invitant tout le monde à l'imiter. Eleanora et sa mère obéirent, mais James dévisagea Marco pendant une bonne minute avant de se rasseoir à contrecœur.

— Pour commencer, nous aurons une nounou commune, dit Marco. Elle s'occupera du bébé quand il sera avec Eleanora, et elle l'accompagnera quand il passera du temps avec moi.

— Elle sera une présence constante dans la vie du bébé, souligna Eleanora.

— Tsssss ! fit James. C'est la nounou, et pas sa mère, qui élèvera cet enfant ?

De nouveau, un silence de mort s'abattit sur la pièce, et se prolongea.

Puis, soudain, Patty s'éclaira.

— Vous savez quoi ? Je suis convaincue que rien n'arrive par hasard, dit-elle avec un rire tremblé en regardant sa fille et Marco. Quelque chose vous a rapprochés, à Rome. Vous devriez peut-être vous fier à votre instinct et donner une chance à cette relation.

— Maman, tu as déjà souligné notre plus gros problème. Je travaille à Rome. Lui, à Manhattan.

— Pas grave ! lâcha Patty. Il possède l'entreprise pour laquelle tu travailles. S'il veut changer les choses, il en a le pouvoir.

— Pas vraiment, Patty, dit Marco. Ce serait un trop grand bouleversement que je travaille depuis Rome.

— Et moi, je ne peux pas travailler depuis Manhattan. L'hôtel que je dirige se trouve à Rome. C'est mon bébé…

— Non. Ton bébé est dans ton ventre ! s'insurgea Patty.

L'expression de James vira à l'orage.

— Ta sœur a un job, trois enfants et un mari, souligna-t-il en captant le regard de Marco. Cet homme aime ta sœur, assez pour l'avoir épousée et l'aider à élever *leurs* enfants !

Marco ne dit rien. Il ne pouvait pas changer l'avis de James, mais il refusait de céder face à sa réprobation. Il savait que ça pourrait très mal tourner s'il épousait Eleanora et que leur mariage se solde par un échec. Ils se feraient du mal. Pas question !

— Très bien, dit Patty. Je vais vous laisser réfléchir à tout ça pendant quelques semaines avant de revenir à la charge. Mais croyez-moi : un enfant, ce n'est pas de tout repos. Vous aurez besoin l'un de l'autre.

— Et nous serons présents l'un pour l'autre ! assura Eleanora.

— Non, dit James. *Tu* seras là pour lui. Comme toujours. Il ne sera pas présent parce qu'il n'a jamais eu à l'être. Il a passé sa vie à te donner des ordres et toi, à lui obéir. Même quand vous étiez mômes et que vous partiez en bateau, le capitaine, c'était lui, et toi, le second, toujours à te démener pour faire tout ce qu'il disait ! Là, ce sera la même chose, crois-moi. Il commandera, et tu feras le plus gros du boulot !

Marco en resta stupéfait. Était-ce donc ainsi qu'ils le voyaient ?

— On trouvera une solution, soutint Eleanora.

De nouveau, ce fut le silence. Elle se leva.

— Si on allait faire la vaisselle, Marco et moi ?

James flanqua sa serviette sur la table.

— Ça ne changera rien à l'affaire, lança-t-il, furieux, avant de sortir en trombe de la salle à manger.

Patty eut un sourire tremblé, tandis qu'Eleanora secouait la tête.

— Je ne comprends pas pourquoi vous vous mettez dans cet état, dit-elle. Vous allez avoir un petit-fils ou une petite-fille.

— Oh ! nous serons ravis d'avoir un petit-enfant de plus, et ton père se calmera ! Mais pour le moment, nous voyons tous les deux que l'essentiel vous échappe.

— Fais-moi confiance, maman. Nous allons réfléchir sérieusement.

— Je suppose que c'est ce que nous pouvons espérer de mieux, répliqua Patty, résignée.

Elle se leva pour superviser les opérations : débarrasser la table, emballer les restes, laver la vaisselle. Quand tout fut terminé, la nuit était pratiquement tombée, et Marco se risqua à suggérer qu'il était temps de rentrer à la maison.

Patty et James étreignirent leur fille avec raideur, mais s'abstinrent de renouveler le geste avec Marco.

Peiné, il alla démarrer la voiture. Les DeLuca étaient furieux contre lui. Mais il pouvait encaisser leurs critiques. C'était au sujet d'Eleanora qu'il s'inquiétait. Pensait-elle aussi qu'il n'était bon qu'à donner des ordres et qu'elle faisait tout le travail ?

Était-ce ainsi qu'elle les voyait élever leur enfant ?

11

Marco ouvrit à Eleanora la portière de la Range Rover.

— Ça ne s'est pas passé comme je m'y attendais.

Aussi déroutée que lui, elle monta dans le 4x4.

— Pour moi non plus. Mes parents ne sont pas aussi rétrogrades, d'habitude.

— Ils sont furieux que nous n'ayons pas décidé de nous marier.

— Il leur faut peut-être un peu de temps pour s'adapter ?

— Peut-être.

Il claqua la portière, contourna le véhicule et se mit au volant. Pour la première fois depuis leur arrivée chez les DeLuca, il consulta son mobile.

— Daniel a envoyé un SOS.

Eleanora savait que Daniel était le nouveau directeur du Grand York de Manhattan. Il avait été sous-directeur, il connaissait les ficelles. Mais il manquait un peu d'assurance depuis qu'il était aux manettes.

— Ça t'ennuie si on fait un arrêt là-bas ?

— Non, ce serait super ! J'adore cet hôtel.

— Moi aussi.

— C'était votre première incursion dans le monde de l'hôtellerie, dit Eleanora, souriante, espérant le ramener à des pensées positives. Et regarde où tu en es aujourd'hui ! Tu peux être très fier de toi.

— Je le suis.

Il avait dit ça, mais le cœur n'y était pas, elle le sentait. Pendant les presque deux heures de trajet jusqu'à Manhattan, elle eut grand soin de ne pas aborder la réaction de ses parents au sujet de sa grossesse. Ayant épuisé tous les sujets de discussion sur la belle chaîne hôtelière et le Grand York Rome dont elle était si fière, elle passa au projet parisien : quel était l'état d'avancement des travaux, qui décorerait le hall… Si Marco remarqua qu'elle cherchait à le distraire, il n'en laissa rien paraître, discutant avec plaisir avec elle.

Ils furent presque surpris d'arriver aussi vite à destination. Le Grand York était un bel immeuble en brique claire en plein cœur de Manhattan, où elle avait passé quelques-uns des meilleurs moments de sa vie. Et eu la chance de décrocher un job fixe pendant ses études.

Une fois garés, ils pénétrèrent dans le hall. Des puits de jour y laissaient entrer la lumière mais à 22 heures passées, seules quelques lampes à pied éclairaient le hall et la réception. L'immense sapin de Noël de six mètres de haut qui occupait le cœur de cet espace ouvert était couvert de guirlandes qui brillaient de tous leurs feux

— C'est très beau, souffla Eleanora.

— L'équipe installe toujours les décorations au moment de Thanksgiving, dit Marco, s'approchant d'une réceptionniste. Daniel me cherche, paraît-il ?

La jeune femme fronça les sourcils.

— Il est parti à 20 heures.

— Il m'a envoyé un message à 15 heures, mais je n'en ai pris connaissance qu'à notre départ du Connecticut.

Il remercia la réceptionniste, puis sortit son mobile et, s'éloignant, appela Daniel. Tandis qu'il parlait, Eleanora regarda autour d'elle. Dans la semi-pénombre, le scintillement des boules multicolores et des guirlandes qui décoraient le sapin avaient un éclat singulier.

— Daniel avait un problème au sujet de la déco, lui apprit Marco en revenant vers elle. Il n'arrivait pas à me joindre, alors il a pris seul la décision.

— Et c'était la bonne. Le sapin est vraiment magnifique.

— Il a déniché une vieille photo et l'a copiée.

— Malin...

— Il ne voulait pas rater son coup pour sa première année en poste, dit Marco, un rire dans la voix. Le sapin est exactement comme maman le décorait. Je suis si heureux qu'il ait retrouvé la photo !

Eleanora s'expliqua soudain l'accès de panique de Daniel. Le Grand York Manhattan était le tout premier hôtel acquis par les Pearson. Celui qui portait l'empreinte de la mère de Marco. Surtout à la période de Noël...

— Il est très beau, répéta-t-elle.

La lumière diminua encore dans l'aire de réception, et Marco se tourna vers la réception.

— Il ne doit pas y avoir d'arrivées prévues, cette nuit, dit-il.

— Elles s'apprêtent sans doute à réviser leurs cours, dit Eleanora, qui savait que les deux jeunes réceptionnistes étaient des étudiantes. Elle avait travaillé à la réception pendant ses études, elle aussi, profitant des heures nocturnes pour préparer son diplôme.

Soudain, la mélodie d'un chant de Noël retentit dans le hall, douce et enveloppante.

Aussi surpris qu'elle, Marco sourit et la prit par la main pour la faire virevolter entre ses bras.

— Qu'est-ce que tu fais ? demanda Eleanora avec un petit rire nerveux.

— Je dénoue la tension.

— La tension ?

— Admets que nous avons eu des jours meilleurs. Et si tes parents ont raison, nos vies vont devenir encore plus chaotiques avec l'arrivée du bébé. Alors, on devrait profiter de toutes les occasions de se détendre.

Il la prit dans ses bras et la fit danser en l'entraînant dans un endroit plus intime, derrière le sapin.

— Tu n'as pas peur des ragots ? Cela pourrait revenir aux oreilles de ton père !

— Des ragots ? Pour une simple danse ? Nous sommes amis, et cela n'est pas écrit sur ton visage, que tu es enceinte !

Eleanora éclata de rire, mais reprit vite son sérieux.

— Je sais que cette journée était étrange, et je m'en excuse. Si j'avais su que mes parents réagiraient aussi mal, je leur aurais annoncé ça toute seule.

— Ce n'est pas dans notre accord, dit-il, esquissant encore quelques pas.

La nostalgie de la musique, les lumières du sapin, la proximité de Marco… Tout à coup, elle se sentait happée dans un monde étrange, irréel, où tout semblait magique. Elle aurait pu se lover contre lui avec bonheur et…

— On ne peut pas dicter aux gens leurs réactions dit-il, la tirant de sa rêverie. Nous formons une équipe. Un duo de parents. Ton père et ta mère finiront par se mettre à la page.

Elle médita ces paroles tandis que la musique, comme une berceuse, l'enveloppait d'un cocon où les pensées s'effaçaient. Soudain, elle eut envie de s'abandonner contre Marco, de fermer les yeux et de savourer le moment.

— Tu ne vas pas t'endormir contre moi, quand même ?

Elle sursauta.

— Non, je réfléchissais, c'est tout.

— À quoi ?

À la perfection de cet instant...

Mais elle ne pouvait pas le lui dire, afin de ne pas lui donner l'impression qu'elle y accordait plus d'importance qu'il ne le souhaitait. Mais, au fond d'elle-même, elle craignait d'être précisément en train de commettre cette erreur.

Et cela non plus ne faisait pas partie de leur accord.

La voix adoucie de Marco rompit le silence.

— En voyant ce sapin, que ma mère aimait tant, j'ai songé que je n'aurai jamais la possibilité de lui annoncer que j'attends un enfant. Elle ne verra jamais notre bébé !

Il y avait de la tristesse dans son intonation, et Eleanora en eut le cœur meurtri.

— Je crois que les mères peuvent voir l'avenir, dit-elle.

— Quoi ?

Elle n'était pas totalement sûre de ce qu'elle allait dire, craignait qu'il la croie folle, mais elle détestait le voir triste, et si elle pouvait lui transmettre quelque chose qui l'aiderait, elle le ferait.

— Je crois que quand une mère voit son enfant, elle voit ce qu'il est, ce dont il est capable, et elle perçoit son avenir. Quand ta mère te regardait, elle savait que tu prendrais les rênes du *Grand York Group* à la suite de ton père et que tu veillerais à réaliser son rêve. J'en suis sûre...

Un instant pensif, Marco finit par dire :

— Peut-être.

— Et je crois aussi qu'elle savait que tu aurais un jour des enfants, et que tu leur apprendrais ce qu'elle et ton père t'avaient transmis de meilleur, en plus de toutes les choses acquises grâce à tes expériences. Elle savait que tu te donnerais à 100 % pour ton bébé, parce que c'est comme ça que tu accomplis chaque chose. Des larmes mouillaient les yeux de Marco. Les réflexions du père d'Eleanora, l'accusant d'utiliser les gens, l'avaient blessé. S'ajoutait à cela le sentiment de deuil qu'il éprouvait en voyant le beau décor de Noël conçu par sa mère. Il avait connu, dans sa vie, des hauts et des bas spectaculaires, et il était parfois difficile de trouver un équilibre.

— Tu crois vraiment que c'est ce qu'elle a vu en moi ?

— Oui, dit Eleanora.

Il se raccrocha à ses paroles. Il espérait que sa mère avait perçu sa dévotion, son engagement, son acharnement au travail. Il n'arrivait pas à concevoir qu'elle ait pu le voir dans un rôle de père, puisque lui-même ne s'y était jamais projeté. Mais si cela s'était réellement produit, Eleanora devinait juste. Sa mère aurait su qu'il ne serait jamais père à moitié.

Il refoula ses larmes, et ses pensées sombres pour taquiner sa compagne.

— Et d'où tires-tu ces certitudes, mademoiselle je-sais-tout ?

— Du fait que je commence à avoir des sensations de ce genre. Comme si notre bébé essayait de me montrer ce qu'il ou elle veut être. Quand j'aurai le tableau d'ensemble, je le partagerai avec toi, et alors, en tant que parents, nous pourrons le guider.

« Une dose de magie mélangée à une pincée d'espoir », pensa Marco en l'entendant. Mais il trouvait pourtant un réconfort dans ces propos, comme s'ils jetaient un pont entre le réel et ses rêves les plus fous.

— Alors, tu penses que ma mère m'a vu en papa ?

— Je pense qu'elle voyait en toi un concentré de tout ce qu'il y a de bon et merveilleux.

Marco savait que sa mère avait perçu le bon et le moins bon en lui, mais avait aussi vu sa détermination, ne fût-ce que parce qu'il la tenait d'elle.

Ils dansèrent encore un moment, jusqu'à ce que Eleanora dise :

— Maintenant que tes réceptionnistes nous prennent pour des fous, il serait peut-être temps de rentrer, non ?

Il s'écarta, juste assez pour lui prendre la main et la glisser sous son bras. S'ils n'avaient pas dansé, ni eu cette conversation, il serait resté malheureux parce que sa mère lui manquait, et que rien ne la lui rappelait autant que le Grand York à Noël. Mais Eleanora avait métamorphosé sa tristesse en espoir – petit rayon de lumière qui perçait dans son chagrin et le faisait sourire.

Pour ça, il avait une dette envers Eleanora. Et pour beaucoup d'autres choses.

— Les réceptionnistes ne peuvent pas nous voir de là où elles sont, observa-t-il.

— Mais si ça arrive, il y aura des commérages.

— Encore les commérages ! soupira-t-il, en lâchant sa main.

— Les gens sont curieux, tu sais. Et cette curiosité s'avivera encore quand ma grossesse sera visible.

— Je suppose.

— Quand on a tenté de s'expliquer avec mes parents, aujourd'hui, on n'a pas fait d'étincelles. On devrait peut-être concocter une histoire pour expliquer notre situation aux personnes étrangères à la famille... comme les employés.

Lui enveloppant les épaules de son bras, Marco la poussa doucement vers le sapin.

— Ou peut-être pas.

Elle ne répondit pas. Et il pensa à ce que James DeLuca avait dit sur lui. Mais il connaissait Eleanora peut-être un peu mieux que ses parents. Elle voulait avoir son avis, exprimé avec franchise. S'il lui déplaisait, elle s'insurgerait. Tout comme sa propre mère aurait tenu tête à son père.

— Autant laisser les gens penser ce qu'ils veulent, lâcha-t-il.

Sa mère aurait réagi ainsi. Elle aurait secoué la tête et dit : « Les gens parlent, c'est comme ça. Aucune importance. »

Ils traversèrent le hall, souhaitèrent une bonne nuit aux deux réceptionnistes. Sur le seuil, Marco se retourna une dernière fois vers le sapin de Noël. Il aimait à croire que sa mère avait lu dans l'avenir et su qu'il ferait sa part pour accomplir les rêves paternels. Il en tirait l'impression qu'elle était près de lui, même si ce n'était qu'un effet de son imagination couplée à celle d'Eleanora. Cela lui permettait d'envisager plus sereinement les vacances de Noël en famille. D'y voir, au lieu de la réunion d'un trio endeuillé, celle de trois personnes reconnaissantes et heureuses d'avoir connu une personne comme sa mère.

C'était grâce à Eleanora qu'il y était parvenu, parce qu'elle avait partagé avec lui une conviction qu'elle n'aurait peut-être pas eue s'ils n'avaient pas conçu un enfant ensemble. Son lien avec leur enfant prenait un sens nouveau. Il comprenait mieux sa mère et, en envisageait avec plus de clairvoyance ses responsabilités de père.

Il commençait aussi à voir Eleanora sous un autre jour.

De retour au penthouse, ils trouvèrent Sunrise et Sunset endormis dans leurs paniers. Marco ôta son manteau, aida Eleanora à enlever le sien, et les abandonna dans un fauteuil. Puis, sans un mot, il l'entraîna dans sa suite et, l'attirant à lui, lui donna un long baiser passionné.

Incapable de se retenir, il souleva son pull par le bas et le glissa par-dessus sa tête, révélant un soutien-gorge jaune.

— Tu as des dessous magnifiques.

— Tu me flattes !

— Voyons voir si le slip est assorti, dit-il en riant.

Il déboutonna le jean d'Eleanora, rabattant le vêtement sur ses hanches. Le slip jaune apparut.

— Très joli.

Elle se libéra de son jean à la hâte.

— Rien ne t'oblige à faire des commentaires.

De nouveau, il la serra contre lui, savourant la douceur de son corps.

— Et si j'en ai envie ?

— Tu veux faire des commentaires ? lâcha-t-elle d'un ton incrédule.

— Je veux te faire la cour.

— Non, vraiment ?

— Pourquoi, tu m'en crois incapable ?

— Je trouve inutile que deux personnes qui se connaissent…

— Se murmurent ce qui est vrai ?

Marco se déshabilla, puis posa sa bouche au creux du cou d'Eleanora.

— Tu as dû avoir des copains vraiment nuls !

— Les pires qui soient ! dit-elle avec un rire. Mais nous en avons déjà parlé.

— Et quand je te vois là, devant moi, si douce et si

belle, les autres femmes s'effacent. Tu es la seule qui compte, Eleanora...

Éperdus, ils roulèrent tous deux sur le lit, et s'embrassèrent comme si leur vie en dépendait. Il savoura chaque centimètre carré de sa peau, lui murmurant combien il la désirait. Les yeux dilatés, le souffle haletant, elle s'offrit sans retenue, et ils plongèrent dans une vague de volupté qui les emporta loin, très loin.

12

Il était toujours merveilleux de faire l'amour avec Marco, songea Eleanora, à bout de souffle. De l'entendre dire ces mots. Il avait raison, elle n'avait eu avant lui que de piètres amants. Et il avait placé la barre si haut, ce soir, qu'aucun autre homme ne pourrait jamais l'égaler.

Allongée près de lui, elle sentait son amour, plus intensément que s'il lui avait fait une déclaration enflammée. Mais les mots « je t'aime » étaient les seuls, dans ces moments parfaits, qu'il n'avait pas prononcés.

Elle désirait tant qu'il les lui dise !

Oui, il l'aimait. Ils étaient amis depuis toujours, avaient partagé leur enfance et leur adolescence, et ils se côtoyaient encore à l'âge adulte. Si elle lui disait qu'elle se savait aimée de lui, il ne le nierait pas. Il avouerait ses sentiments, puis il ferait valoir une fois de plus que cet amour ne pouvait pas grandir car il ne voulait pas lui faire du mal…

Ils se perdaient, dans leur tentative pour profiter à deux de cette grossesse. Ses sentiments pour Marco devenaient chaque jour plus puissants, même si lui semblait pour sa part aborder cette aventure avec détachement.

Pourtant, quand elle se réveilla le lendemain, elle se

sentit redevenue elle-même, comme si elle avait recouvré son bon sens. Entre eux, il ne s'agissait pas d'amour. Mais d'une expérience à vivre à deux qui s'achèverait à la fin de sa grossesse, et voilà tout. Le père de Marco avait horriblement souffert de la perte de sa femme et regretté le temps consacré à son travail plutôt qu'à elle. Marco en avait été témoin. Et il avait maintenant repris le travail qu'assumait son père lorsque sa mère était morte. Jamais il ne commettrait la même erreur que Joshua.

Il était déloyal de vouloir lui faire exprimer ses sentiments, d'autant qu'ils avaient conclu ensemble un accord.

Après s'être douchée, vêtue d'un pantalon de survêtement et un T-shirt ample, elle gagna la cuisine où Marco, attablé devant l'îlot, mangeait un bagel. Il lui sourit, et elle eut un coup au cœur. Elle réalisa alors qu'elle était tombée amoureuse de lui, sans espoir de retour…

Oui, elle aimait Marco. D'un amour éperdu. Désespéré. Elle ne sortirait pas indemne de cette expérience. Elle souffrirait. Terriblement.

Cela, il ne le voulait pas, et elle lui avait juré que ça n'arriverait pas.

— Je te prépare un bagel ? demanda-t-il.

— Non, merci, je m'en charge, répondit-elle en s'approchant du grille-pain.

— Pendant que tu t'en occupes, nous devons discuter.

— De quoi ?

— Nous avons réussi quelque chose en m'associant à cette grossesse, dit-il. Mais cela a suscité un autre problème.

Elle crut que son cœur allait s'arrêter de battre. Elle savait bien ce qu'elle avait ressenti la veille. Un amour vrai. Sincère. Un sentiment qui ne disparaissait pas au moindre signe de difficulté, ni ne s'éroderait au fil des ans. Marco *l'aimait*, lui aussi.

Pourvu qu'il le dise !

— J'ai toujours le sentiment que tu fais le plus dur.

Elle ravala son dépit. Elle n'avait pas le droit d'être déçue.

— Parce que je porte le bébé, c'est ça ?

— Je pensais que j'allais te dorloter, t'apporter le petit déjeuner au lit...

— Nos emplois du temps respectifs ne le permettent pas.

— Je pourrais te commander des chocolats belges.

— Tu es censé l'avoir déjà fait.

Il se rembrunit.

— Il vaut mieux que tu aies oublié, dit-elle, se forçant à sourire. Ce n'est pas bon pour moi de prendre trop de poids.

— Comment le sais-tu ? Aurais-tu vu un médecin ?

Le bagel était grillé, et elle alla prendre du fromage à tartiner dans le réfrigérateur.

— Si c'était le cas, tu le saurais. J'en ai choisi un à Rome.

En fait, ce n'était pas loin d'être un mensonge. Mais elle était sûre d'en trouver un excellent dans la liste qu'on lui avait remise aux urgences.

— J'y serai dans quelques jours. Je prendrai rendez-vous à ce moment-là.

— Je devrais t'accompagner.

Seigneur, non ! Elle avait besoin de quelques jours d'éloignement pour prendre du recul.

— Les premières visites relèvent de la routine. Et puis, si le médecin me déplaît, j'en prendrai un autre.

— Je persiste à penser qu'il te faut quelqu'un à Manhattan.

Eleanora sentit qu'elle serait incapable d'assumer ça. Marco apprécierait chaque étape de cette aventure, tandis qu'elle se languirait d'amour pour lui. Cependant, ils s'étaient promis de partager cette grossesse, de se rendre visite, et elle ne pouvait pas rompre sa promesse. Elle devait dompter son cœur rebelle.

— Il faudra sans doute que j'aie un médecin de confiance à Manhattan. Mais je m'en occuperai plus tard. Aujourd'hui, je travaille à l'appartement et je prends mes dispositions pour être à Rome lundi prochain. Je partirai dimanche.

Marco parut réfléchir un instant, puis finit par dire :

— D'accord.

Elle fut soulagée qu'il n'insiste pas. Quand il fut au bureau, elle fit ce qu'elle avait dit : elle prit rendez-vous avec une obstétricienne à Rome, organisa une visioconférence avec son équipe et prépara son sac de voyage.

Le dimanche soir, elle s'envola pour Rome à bord du jet familial des Pearson. Heureusement, Marco comprenait qu'il valait mieux qu'elle soit dans son hôtel, au contact direct de l'équipe, au lieu de se limiter aux visioconférences. Il ne s'aviserait donc sans doute pas qu'il aurait mieux valu qu'elle ne le côtoie pas car elle s'était profondément éprise de lui, pour son plus grand malheur. Il valait mieux aussi qu'elle ne s'habitue pas trop à avoir un jet à disposition, deux chats adorables et un chauffeur.

Eleanora DeLuca était une femme ordinaire. Elle ne devait pas l'oublier.

Les jours passèrent comme l'éclair. L'équipe était heureuse de la voir là, à l'hôtel. La visite chez l'obstétricienne se déroula bien, et elle ne tarda pas à se retrouver une fois encore à bord du jet. La meilleure chose aurait été de dormir pendant le vol, prête à affronter au réveil le matin à Manhattan. Mais la pensée de Marco la tint éveillée. Il lui manquait.

Pire, elle eut une vision de leur bébé, montant dans cet avion chaque week-end ou un week-end sur deux tandis que, debout sur le tarmac, elle lui dirait au revoir.

Elle secoua la tête, cherchant à dissiper cette image douloureuse. Comme l'avait dit Marco, ils avaient de la chance de disposer d'un tel moyen de transport. Ils avaient aussi décidé d'avoir une nounou commune pour que tout se déroule bien. Elle aurait ainsi, en plus, du temps pour travailler, chercher un appartement en terrasse plus spacieux – toutes choses impossibles à accomplir quand le bébé serait là.

Une limousine l'attendait à l'aéroport pour la conduire au penthouse. Ravi de la revoir, Arnie voulut lui monter son bagage, mais elle fit valoir qu'elle n'avait qu'un petit sac et gagna seule l'appartement en terrasse.

Marco était là pour l'accueillir, quand les portes de l'ascenseur s'ouvrirent. Il tenait dans une main une grenouillère ornée de ballons de foot, et de l'autre, un pyjama agrémenté d'un volant en dentelle.

— C'est trop chou ! dit-elle avec un sourire.

— J'ai paré à toute éventualité, dit-il, l'attirant à lui pour l'embrasser avec passion. Tu m'as manqué.

— Tu m'as manqué aussi.

S'il savait à quel point !

— Mais je me suis rendu compte que j'ai été trop longtemps absente de mon hôtel. Je dois passer plus de temps à Rome.

— Nous étions convenus de deux déplacements là-bas ce mois-ci, il me semble, dit Marco en l'aidant à se débarrasser de son manteau. Et que tu resterais ici le reste du temps, jusqu'en janvier.

— En janvier ?

— Tu passes Noël chez tes parents, et moi avec mon père et ma sœur. Ensuite, on se partagera entre Rome et Manhattan.

Comme elle ne répondait pas, il poursuivit. Elle parut interloquée.

— C'est l'accord qu'on avait conclu, non ? Je te rendrai visite certains week-ends, et réciproquement. Je suppose que le bébé naîtra à Rome, puisque tu ne seras plus autorisée à prendre l'avion après la trente-sixième semaine. Sauf si tu veux passer ici le dernier mois de grossesse ?

Ce n'était pas précisément ce qu'ils avaient décidé, mais l'esprit y était. Elle entrevit une lueur au bout du tunnel. Après les Fêtes de fin d'année, ils se rendraient visite le week-end. Deux jours d'affilée, pas plus. Elle pouvait tout à fait supporter ça.

Après avoir suspendu son manteau, il la fit asseoir sur le canapé et lui ôta ses chaussures.

— Mais qu'est-ce que tu fais ?

— Je t'avais dit que je voulais participer davantage, non ? D'après mes recherches approfondies en ligne, les femmes enceintes aiment qu'on leur masse les pieds, dit-il, joignant le geste à la parole.

— Tout le monde aime se faire masser les pieds, mentit-elle.

— Alors, c'est bien ? Je peux faire ça pour toi ?

Attendrie, elle se détendit, et s'abandonna au plaisir du massage.

Marco commanda un repas chez le traiteur, qu'ils mangèrent en regardant la télévision. La distance qu'il avait sentie chez Eleanora à son arrivée semblait dissipée. Mais il ne cessait de revivre l'instant où les portes de l'ascenseur s'étaient ouvertes sur lui.

Il s'était attendu à la faire rire avec les grenouillères. Or, elle n'avait guère réagi, et il l'avait vue très fatiguée. Il déplorait qu'elle ait dû faire deux vols aller-retour entre Manhattan et Rome.

— Tu t'inquiètes au sujet du bébé, n'est-ce pas ? dit-il.

— Oui.

— Et les allers-retours en jet n'arrangent rien.

— Non.

— Il y a un défaut dans notre plan.

— Probablement.

— Très bien. Que proposes-tu ?

— Qu'il vaudrait mieux que tu viennes voir le bébé à Rome dans les premiers temps, jusqu'à ce qu'il ait grandi un peu.

Il ne s'était pas attendu à ça, mais après avoir vu les minuscules vêtements dans la boutique, il avait du mal à concevoir qu'un tout petit bébé doive franchir l'océan deux fois par mois.

Il pensa au commentaire de Patty DeLuca, affirmant qu'en tant que propriétaire de l'entreprise, il lui serait plus facile qu'à Eleanora de se déraciner. Mais il ne pouvait pas déplacer tout le siège social ! Cependant…

— Et si j'avais une maison à Rome ?

— Pardon ?

— Si j'achetais quelque chose là-bas ? Tu y vivrais avec le bébé. Je pourrais y venir.

— Non, dit-elle aussitôt avec fermeté. Marco, même

si nous élevons à deux notre enfant, il faut que chacun de nous ait la possibilité de vivre sa vie.

Quand il eut pleinement compris, il eut le plus grand mal à formuler la question qui lui venait aux lèvres. Car ce qu'elle venait d'insinuer correspondait à une réalité qu'il avait lui-même instaurée. S'il n'arrivait pas à l'envisager de façon abstraite, comment diable la vivrait-il pour de bon ?

— Tu veux pouvoir... fréquenter quelqu'un, c'est ça ?

Elle leva les yeux au ciel.

— Avoir une vie à soi, ce n'est pas seulement ça. Mais, oui, cela en fait partie.

Il se força à ignorer le poignard qui lui transperçait le cœur.

— Si je vivais à Rome, si je pouvais garder notre enfant lorsque tu as besoin de sortir, cela t'aiderait.

Elle se leva en soupirant et commença à faire les cent pas dans la pièce.

— Tu y vois sans doute un amusant et heureux conte de fées, mais quand tu parles de venir faire du baby-sitting, ce n'est pas très réaliste. Je sais que tes intentions sont bonnes, et que nous en sommes encore au stade des projets. Mais tu n'auras aucune envie d'être mon baby-sitter, crois-moi. Tu n'auras sans doute pas envie non plus de vivre à Rome. Quelques mois après la naissance, la routine s'installera, et tu t'ennuieras avec nous.

Marco tenta d'imaginer cet avenir. De visualiser Eleanora dans une maison, avec un bébé en pleurs dans les bras, et lui... Eh bien, il n'arrivait pas à s'imaginer dans cette situation. Il ne savait pas ce qu'il ferait. Serait-il effaré et dérouté, prêt à détaler au lieu d'apporter de l'aide ? Était-il réellement tel que le père d'Eleanora le dépeignait ?

Elle s'inclina vers lui et l'embrassa.

— Je suis épuisée. Je vais me coucher. On se verra demain, d'accord ?

Il la suivit du regard alors qu'elle se retirait, aux prises avec des émotions qu'il ne s'expliquait pas. Ce n'était pas seulement dû au fait qu'il venait de se projeter dans le bouleversement que provoque la naissance d'un enfant. C'était aussi parce que James DeLuca n'était pas le seul à penser qu'il prendrait la poudre d'escampette quand le bébé serait là. De toute évidence, sa fille le pensait aussi.

Quand il alla se coucher deux heures plus tard, Eleanora n'était pas dans sa suite. Il supposa qu'elle s'était installée dans sa chambre, et se mit au lit en se disant que c'était très bien comme ça, même s'il était un peu contrarié qu'elle le croie capable du pire.

Cependant, il réalisait aussi qu'elle était fatiguée, avait besoin du repos que lui apporterait un sommeil en solitaire.

Pourtant, ses sentiments dérangeants ne se dissipèrent pas. Il voulait faire partie de la vie de leur bébé. Il voulait être un bon père, mais Eleanora ne l'en croyait pas capable !

Certes, il n'avait jamais vécu avec un bébé, ignorait comment s'en occuper, mais il se jurait de réussir. Il n'avait jamais eu peur des défis. James pensait qu'il décamperait ? Eleanora supposait le pire ? Eh bien, qu'ils le fassent ! Ils seraient bien surpris quand il leur prouverait qu'ils avaient tort.

Le lit était froid et vide et, las de remuer les mêmes idées, il se redressa, prit son mobile sur la table de nuit et appela Chiara. À sa grande surprise, elle répondit dès la deuxième sonnerie.

— Salut, frangine ! Tu ne donnes pas de nouvelles. Comment ça se passe dans ton paradis ?

Elle le taquina, lui vantant sa vie de rêve, et il se détendit. Entendre le son de sa voix le rassérénait.

— Tu seras à la maison dans quelques semaines pour nous raconter ça !

Elle ne réagit pas tout de suite, et il sentit son appréhension se raviver. Mais elle finit par dire qu'elle serait là pour Noël et lui révélerait « tous les détails croustillants ». Il fut surpris qu'elle lui demande de faire appel à son réseau d'amis pour avoir des informations sur un prodige de l'informatique appelé Evan Kim. Il y consentit, ne demandant pas mieux que d'oublier pour un temps ses soucis actuels. Il passa des coups de fil dès qu'ils eurent mis fin à la conversation.

Il ne tarda guère à avoir des informations, et la rappela. Elle parut contente du résultat de sa petite enquête, mais raccrocha vite, comme si elle redoutait qu'il lui demande pourquoi elle se renseignait sur Evan Kim. Il fixa son mobile, songeur. Il y avait anguille sous roche, c'était clair.

S'il avait grande envie d'en savoir plus, il s'abstint de poser des questions. Comment aurait-il reproché à quiconque d'avoir des secrets, alors qu'il n'avait toujours pas annoncé à sa famille sa future paternité ?

Cependant, rien de tout cela n'avait d'importance tant qu'il n'aurait pas arrangé les choses avec Eleanora, ne lui aurait pas prouvé qu'il ne leur ferait pas défaut, à elle et à leur enfant.

13

Marco était de bonne humeur, le lendemain matin. Quand elle entra dans la cuisine, toujours en pyjama, il contourna d'un pas vif l'îlot central et l'attira à lui pour l'embrasser. Elle avait presque le vertige, quand il la relâcha.

— Pardon, dit-il.

— Pourquoi ?

— Pour certaines choses que je t'ai dites hier soir. Et qui t'ont poussée à faire chambre à part.

— J'étais fatiguée, c'est tout.

— Ce que tu m'as dit sur mon déménagement et les visites, c'était aussi dû à la fatigue ?

— Non. C'est en grande partie ce que je ressens. Notre bébé n'est pas un objet qu'on peut se repasser d'un côté à l'autre de l'Atlantique. C'est une vraie personne, tu sais ! La seule bonne idée que nous avons cru avoir est d'engager une nounou, mais nous devons décider si c'est vraiment ce que nous voulons.

— Que notre bébé la connaisse mieux que nous ?

— Exactement.

Marco se laissa tomber sur une chaise.

— Cela ne doit pas te culpabiliser, dit-elle avec sincérité. Mais tu dois y réfléchir. Même si cela implique que tu passes moins de temps avec le bébé, ne préférerais-tu pas qu'il ou elle sache qui sont ses parents, au lieu d'être élevé par une nounou ?

Elle sut qu'il prenait en compte ce qu'elle venait de dire et, tandis qu'il réfléchissait, elle se servit des œufs brouillés, des toasts, puis s'assit près de lui.

— Tu travailles à partir de la maison, aujourd'hui ?

— Je ne devrais pas. La rumeur que je suis enceinte s'est répandue à Rome et a dû se propager jusqu'au siège social.

— Je te le confirme. Mon équipe dirigeante a abordé le sujet à une réunion du conseil.

— Je devrais me montrer au bureau. On ne voit pas que je suis enceinte.

— Mais les gens ne sont pas stupides. Quand ça commencera à se voir, ils feront vite le rapprochement, crois-moi !

— Il vaut mieux que je sois ici, alors. D'ailleurs, je travaille beaucoup mieux, comme ça.

— Eh bien, reste !

— Pour toi, c'est facile à dire, tu es le patron ! Moi, je ne suis qu'une collègue pour ces gens qui colportent des ragots.

Il y eut un silence, puis Marco observa avec calme :

— Je n'avais jamais envisagé ça sous cet angle, mais je comprends.

— Le mieux serait peut-être que tu annonces la nouvelle à ton père, ce qui nous permettrait de l'annoncer aussi au bureau. Cela fera peut-être jaser une semaine ou deux, mais ça finira par s'arrêter.

— Entendu, dit Marco.

Elle vit pourtant que son calme était un peu entamé, et son sourire contraint.

La suggestion d'Eleanora occupa l'esprit de Marco jusqu'à son arrivée au bureau. Il venait tout juste de suspendre son pardessus lorsque son mobile sonna. Son père se manifestait. Par un appel vidéo, qui plus est.

— Salut, papa !

— Salut, Marco ! Regarde un peu ça !

Son père balaya son environnement avec son mobile, pour lui montrer le chalet.

— Alors, qu'en penses-tu ?

— C'est très beau, papa. Écoute, j'ai quelque chose à te dire…

— Quoi ? Qu'est-ce qu'il y a ? demanda aussitôt son père.

Joshua, qui était au chalet pour se reposer et préparer les lieux, avait déjà perdu son calme.

— Tous les ans, il arrive quelque chose qui gâche nos vacances, reprit-il en secouant la tête. Je croyais pourtant que ce serait différent, cette année.

— Et ça le sera.

— Alors, quel est le problème ?

— Il n'y en a aucun.

Marco se demanda ce qui se produirait s'il annonçait à son père qu'Eleanora était enceinte de lui. Un homme qui n'avait pas de petits-enfants aurait dû être ravi à l'idée d'en avoir un, en principe. Mais il y avait un problème : Eleanora, que Joshua considérait comme sa fille, n'envisageait pas d'épouser son fils, qui serait élevé sur deux continents différents…

Il réalisa en un éclair que sa discussion avec son père risquait de ne pas être plus réussie que celle qu'ils avaient eue avec les DeLuca tant qu'il n'aurait pas de réponses à ces questions. Et s'il ne pouvait pas encore mettre son père au courant, il ne pouvait pas non plus informer son équipe.

Il s'arrangea pour mettre fin à la conversation, promettant avec force d'être au chalet pour le réveillon de Noël, car c'était l'événement auquel se raccrochait son père.

Pour le moment, il devait prendre avec Eleanora des décisions concrètes au sujet du bébé. Puis ils convaincraient les DeLuca et son père de surmonter le déplaisir que leur causait leur refus du mariage pour ne penser qu'à leur petit-fils ou leur petite-fille. Cela semblait si sensé, si évident, qu'il se détendit. Ce soir, Eleanora et lui auraient une discussion, et les soirs suivants s'il le fallait, jusqu'à ce qu'ils trouvent la solution. Après sa journée de travail, il rentra au penthouse, prêt à discuter. Hélas, son mobile sonna avant même qu'il ait ôté son manteau. Un problème avait surgi dans l'un de leurs hôtels de la côte Ouest, et il devait quitter Manhattan pour deux jours. Après avoir prévenu Eleonora, il sauta dans son jet.

Quand il revint, quelques jours avant Noël, il fut si heureux de voir Eleonora qu'il l'embrassa comme un fou.

Ils dînèrent tranquillement, puis firent l'amour avec passion. Un sentiment de paix se répandit en lui. Tandis qu'elle était lovée contre lui, paisible et contente, ils formaient un couple heureux. Uni. C'était ce sentiment d'affection mutuelle et de *confiance* qu'il devait préserver. Bons amis, bons amants, ils feraient de merveilleux parents.

Sa conviction fut un peu entamée le samedi, lorsqu'elle alla faire seule des achats de Noël. Le dimanche, elle sortit de sa chambre en jogging et tennis et lui annonça qu'elle allait en balade. Il croyait qu'elle emmènerait les chats. Mais elle partit seule.

— Comment pourrais-je lui prouver que nous formons une équipe si elle n'est jamais là ? protesta-t-il, sous le regard réprobateur de Sunset et Sunrise.

Il se rendit compte alors qu'elle n'avait pas déjeuné.

— Je vais préparer le breakfast, dit-il aux chats. Tout sera prêt, sauf les œufs, quand elle rentrera.

Sunrise dressa la tête, tandis que Sunset regagnait son panier, près de la baie vitrée.

Marco se rappela qu'Eleanora avait un faible pour les sandwichs toastés au fromage. C'était ce qu'il allait préparer !

Tout fier de son idée, il beurra du pain, râpa du fromage... Il était prêt lorsque la sonnerie de l'ascenseur lui apprit qu'elle était de retour.

— Alors, cette balade ?

— Il fait un froid de canard dehors ! Il n'y aura pas forcément de la neige pour le réveillon. Mais avec une météo pareille, un Noël blanc n'a rien d'impossible !

— Que dirais-tu d'un sandwich toasté au fromage bien chaud ?

Elle le dévisagea, puis déclara gaiement :

— Je n'ai pas très faim... ce qui signifie que mon appétit est redevenu normal. C'est bon pour ma ligne, mais...

— On pourrait aussi les manger au déjeuner, coupa Marco, en s'efforçant de cacher sa déception.

— Ce midi, j'ai prévu de déjeuner avec une copine...

C'était la dernière chose qu'il s'était attendu à entendre, et les mots lui manquèrent. Mais pourquoi n'aurait-elle pas eu des projets de sortie ? Autrefois casanière, elle saisissait maintenant la moindre occasion pour quitter le penthouse.

— Elle vient en ville pour faire du shopping. On va grignoter quelque chose ensemble.

— Très bien. Je voulais bosser un peu, de toute façon.

— Bon.

Comme elle regagnait sa chambre, il se demanda pourquoi il était si contrarié. Parce qu'elle était heureuse sans lui ? Non !

Parce qu'elle renouait avec son ancienne vie, et envisageait son avenir sans lui.

Oui. Là, il touchait un point sensible.

Il alla dans son bureau mais, au lieu de travailler, il ressassa ses idées noires. Vers 11 heures, elle poussa la porte et passa la tête dans l'entrebâillement.

— Je pars.

— Amuse-toi bien ! dit-il, se forçant à sourire.

En rentrant de sa virée shopping, Eleonora trouva Marco assis sur le canapé avec les chats – Sunrise en haut du dossier, roulé en boule derrière lui, et Sunset endormi sur ses genoux.

— Alors, ce déjeuner ?

— Super ! Bootsie n'a pas changé.

Il se leva du canapé en riant.

— Viens donc t'asseoir près de moi…

— Je suis fatiguée, tu sais.

— Eh bien, fais une sieste. Nous discuterons plus tard. Pendant que tu dormiras, je vais nous commander un bon dîner.

— Marco, j'ai eu un déjeuner copieux. Je n'aurai sûrement pas faim, dit-elle en s'éloignant dans le couloir.

Marco entendit se refermer la porte de la chambre – celle de sa suite. Il était soulagé qu'elle s'installe dans la même chambre que lui, mais cela ne dissipa pas le sentiment étrange qui l'avait gagné. Eleanora et lui n'avaient pas eu de véritable conversation, depuis qu'elle avait laissé entendre qu'elle s'attendait à le voir se dérober à ses obligations de père. Il voulait arranger les choses, lui montrer qu'il voulait s'impliquer dans l'éducation de leur enfant, même s'il était débordé de travail. Mais elle ne lui en donnait pas la possibilité.

Il goûta l'un des sandwichs qu'il avait préparés et le trouva délicieux, puis il regarda un match de hockey avec les chats, dont les yeux suivaient les mouvements des joueurs sur la glace. Ce fut son équipe favorite qui gagna, et il aurait juré que Sunset avait envie de lever la patte pour lui taper dans la main en signe de victoire. Rasséréné, il alla dans la chambre pour voir si Eleanora dormait toujours.

Assis sur le bord du lit, il la contempla. Le visage niché dans l'oreiller, ses jolis cheveux auburn épars sur le drap blanc, elle semblait paisible. Il pensa aux difficultés de la grossesse, à sa lassitude, à l'incertitude son avenir, et une fois de plus, il se sentit exclu.

Il envisagea son retour à Rome, le 1er janvier. Elle serait seule. Et lui aussi. Leur bébé grandirait dans deux maisons, au sein de deux cultures différentes, fruit de l'union de deux personnes qui s'aimaient, mais n'arrivaient pas à se mettre d'accord.

Soudain, la vérité s'imposa à lui. Ils devaient réussir à s'occuper correctement de cet enfant, ensemble ! Et il se jura de faire tout ce qui était en son pouvoir pour y parvenir.

14

Plus tard dans la soirée, Marco appela le joaillier familial. Dex fut surpris de l'avoir au bout du fil.

— Quel bon vent vous amène ?

Réalisant qu'il était près de minuit, Marco préféra aller droit au but.

— Désolé pour cet appel tardif, ça ne se reproduira pas. Mais j'ai besoin d'une bague de fiançailles.

Un silence de plomb s'ensuivit.

— Je ne plaisante pas, assura Marco.

— Alors ça ! Je veux bien être pendu !

— Si vous y tenez ! Mais j'aimerais passer demain après-midi pour voir vos plus jolies bagues.

Le lendemain à l'heure dite, Marco entrait dans la boutique de Dex sous une neige légère.

Petit et corpulent, avec d'épais cheveux noirs qui rejoignaient sa barbe de montagnard, Dex contourna son comptoir pour serrer la main de son visiteur.

— J'aurais pu me déplacer jusqu'à vous, dit-il.

— Trop risqué. Ces dernières semaines, j'ai découvert que notre personnel était horriblement bavard.

— Pourquoi, vous étiez persuadé du contraire ?

— Il m'arrive d'être naïf.

Dex débarrassa Marco de son manteau et le remit à un jeune employé qui s'éclipsa. Menant son visiteur à une table isolée, il sortit un plateau de velours, et de somptueux diamants scintillants frappèrent le regard de Marco.

— Guidez-moi, dit-il, je ne suis pas un grand connaisseur.

— Vous avez là des diamants de trois carats, dit Dex. Très purs et de bonne taille, mais discrets. Ces six autres bagues sont de ma création. Je les ai conçues pour qu'elles soient uniques.

Marco remarqua une bague qui se détachait du lot. L'anneau, assez large, était serti de diamants qui représentaient le symbole de l'infini.

— Celle-ci résume bien notre relation, dit-il.

— Un choix d'autant plus intéressant qu'elle est conçue pour être portée à la fois comme bague de fiançailles et comme alliance.

— J'ignore pourquoi, mais elle me plaît encore plus !

— Quelquefois, l'achat d'un bijou est une affaire d'instinct. Si celle-ci vous parle, c'est qu'elle l'aimera.

Vingt minutes plus tard, Marco quittait le showroom avec l'écrin, bien à l'abri dans la poche intérieure de son veston.

Ravi, il sortit son mobile. Eleanora travaillait à la maison, et il allait lui donner rendez-vous. Un rendez-vous ! Il lui sembla ridicule d'être aussi excité, mais il réalisait qu'ils avaient manqué tant de choses ! Et abordé tant de questions à l'envers !

Elle décrocha tout de suite.

— J'appelle pour t'inviter à dîner.

Eleanora aurait peut-être dû refuser. Mais elle avait instauré beaucoup de distance entre eux, ces derniers jours. Trop, peut-être.

Elle avait poussé Marco à voir la réalité, et elle était sûre qu'il était plus lucide, désormais. Elle voulait tenter de renouer le dialogue.

— J'adorerais dîner au restaurant, ce soir.

— Tant mieux. Mets ta tenue chic, alors !

— Entendu, dit-elle, appréciant qu'il veuille donner du lustre aux plus petites choses.

Ce soir-là, elle choisit sa plus belle robe. Pour Marco, ce dîner était sans doute une tentative de rétablir l'harmonie dans leur amitié. À l'approche du 23 décembre – le jour où il partirait dans le Vermont et où elle se mettrait en route pour le Connecticut afin de rejoindre ses parents, le jour où leur liaison devait prendre fin – elle était décidée à céder à tous ses désirs.

L'éducation de leur enfant entre deux continents impliquait des *négociations* constantes, et non une lutte hostile. Et elle ne pouvait pas les aborder en étant furieuse contre Marco parce qu'il n'avait pas d'amour pour elle, ni en le fuyant parce qu'elle ne parvenait pas à tuer ses sentiments pour lui

Elle attendit qu'il rentre, impatiente de le voir arriver. Alors qu'elle était sur le point de l'appeler, elle reçut un SMS de Sam qui l'attendait en bas de l'immeuble. Marco lui avait demandé de la conduire au restaurant.

Elle descendit dans le hall, son manteau en laine noir entrouvert sur sa robe.

— Bonsoir, madame ! Vous êtes ravissante, ce soir, s'exclama Arnie, en se précipitant pour lui ouvrir la porte.

Elle sourit tandis qu'il l'escortait jusqu'à Sam.

— Bonsoir, Sam.

— Bonsoir, madame. Vous allez dans un restaurant chic. Grande occasion ?

Aux yeux de Sam, elle et Marco étaient des amis qui partageaient le penthouse pendant qu'elle travaillait à Manhattan. Pour ne pas prêter le flanc aux commérages, mieux valait rester prudente, aussi répondit-elle :

— Il faut bien se distraire ! On s'ennuie à force, dans cet appartement.

Elle s'efforça de rester calme pendant les vingt minutes de trajet, jusqu'à un quartier de New York qu'elle ne connaissait pas. Quand elle entra dans le restaurant italien au charme suranné, il était vide, mais un gentleman d'âge respectable lui fit signe de le suivre.

— Par ici, je vous prie, mademoiselle DeLuca.

Une seule table était ornée d'une grande bougie, les autres n'étaient pas éclairées. Marco se leva à son approche.

— Tu peux m'expliquer ? demanda-t-elle en s'asseyant.

— J'avais besoin d'intimité, dit-il en prenant place en face d'elle.

— Je sais que les commérages nous rattrapent, mais…

— Ce n'est pas pour ça. C'est pour nous.

— Tu as fait fermer tout un restaurant pour qu'on puisse se disputer ? ironisa-t-elle.

— Tout d'abord, cet endroit m'appartient. Je suis autorisé à faire ce que je veux.

Elle regarda autour d'elle.

— Ta famille possède ce restaurant ?

— Non, j'ai investi seul.

— Oh…

— Et nous n'allons pas nous disputer.

Un serveur leur apporta des olives et un assortiment

d'amuse-bouche, ainsi que deux flûtes remplies d'un liquide clair et pétillant.

— Eau gazeuse, hélas ! dit Marco en levant son verre.

Elle hocha la tête, avala une gorgée. Elle n'avait pas encore touché aux olives que déjà, le serveur était de retour avec une assiette de salami et de mortadelle, du pain bien frais. Une entrée qui lui était familière...

— Allons-nous avoir un dîner traditionnel italien ? demanda-t-elle.

— Je voulais que tu te sentes comme chez toi, dit-il en souriant. Comme à Rome.

— Excellent ! dit-elle en savourant une tranche de salami.

Le geste de Marco, et sa bonne humeur, avaient ravivé son espoir de régler leurs différends concernant la garde du bébé – même si elle était certaine par ailleurs qu'ils devaient mettre un terme à leur liaison.

On leur servit ensuite des lasagnes, au grand plaisir d'Eleanora, qui les adorait.

Puis ils eurent droit à un plat d'agneau avec des *contorni* : un accompagnement de légumes de saison. Quand la salade arriva, Eleanora leva la main.

— J'apprécie ce bon repas, mais je crois que j'ai assez mangé.

— Tu ne veux pas de dessert ? demanda Marco, amusé.

— Non, merci.

Hélé d'un signe discret, le maître d'hôtel se hâta de venir à leur table.

— C'était délicieux, lui dit Marco avec un sourire. Nous aimerions emporter les desserts pour plus tard.

— Certainement, monsieur...

L'homme s'éclipsa dans les cuisines, et Marco, lui, prit

une grande inspiration, comme s'il s'apprêtait à faire une annonce importante.

Eleanora retint son souffle. Et si ce dîner n'était pas une offre de paix ? Et s'il avait pris des décisions sans l'y associer et s'apprêtait à lui infliger une cruelle déception ? En lui annonçant une requête judiciaire pour le droit de garde, par exemple ?

Avant qu'elle ait pu prononcer un mot, il se leva. Glissant une main dans la poche de son veston, il mit un genou en terre. Cette fois, elle crut que son cœur allait s'arrêter de battre. Il allait...

— Eleanora, il y a des semaines que nous vivons ensemble. Même tes parents ont su voir que nous nous aimions, dit-il en ouvrant l'écrin qu'il serrait dans sa main. Veux-tu m'épouser ?

Elle avait envie de crier : Oui ! Envie de bondir de son fauteuil, de le serrer contre elle et d'accepter la bague...

Non. En fait, ce qu'elle désirait éperdument, c'est que cette demande en mariage soit *authentique*.

Non. Ce n'était pas ça non plus. La demande était authentique. Marco ne lui aurait jamais demandé de l'épouser s'il n'était pas sincère. Mais ce n'était pas l'offre d'un homme éperdument amoureux. Elle ne percevait pas dans sa voix un grand amour romantique.

Cette proposition visait plutôt à accomplir un devoir. Ou à répondre à un besoin. Comme elle reprenait ses esprits, les motivations de cette demande lui apparurent clairement. Après leur dispute au sujet de la garde de l'enfant, Marco, en homme d'affaires avisé, avait trouvé solution : un mariage en bonne et due forme !

Elle déglutit avec difficulté. La bague la surprit par sa beauté et sa portée symbolique.

— C'est… le symbole de l'infini.

Il sourit.

— Nous nous connaissons depuis toujours, et cela ne va pas cesser.

Elle aurait voulu l'entendre dire qu'il l'adorait, ne pouvait pas vivre sans elle, les voyait vieillir ensemble. Mais Marco n'aimait pas parler d'avenir. La mort de sa mère l'avait confronté à de dures réalités de la vie. Le deuil de son père, jamais achevé, lui avait appris la prudence.

Elle le regarda, refoulant les larmes qui perlaient à ses paupières.

— Oh ! Marco ! Je voudrais pouvoir dire oui, mais je crois que je ne peux pas accepter. Je refuse de faire un mariage… de convenance. Je ne trouverai peut-être jamais le grand amour, mais je ne peux pas m'engager dans une impasse…

C'en était trop. En proie à une émotion qui la dépassait, elle contourna la table et s'élança vers la sortie. Sûre que Marco la suivrait, elle lança à Sam qu'elle rentrerait au penthouse par ses propres moyens et se mit à courir.

Marco la rattrapa avant qu'elle ait atteint le coin de la rue, et l'attrapa par le bras

— Où vas-tu ?

— Je rentre à Rome.

Il prit une profonde inspiration.

— Tu trembles, dit-il, l'enveloppant de son manteau, qu'il avait attrapé avant de quitter le restaurant. Rentrons à l'appartement et parlons encore un peu.

Elle sentit qu'elle n'arrivait plus à raisonner normalement. Quand elle pensait en termes aussi pragmatiques que ceux de Marco, elle se rendait compte qu'ils devaient se séparer. Elle était blessée qu'il l'ait demandée en mariage pour de mauvaises raisons, mais en sentant son bras viril atour d'elle, en entendant sa voix amicale, elle se sentit fondre...

— Pourquoi pas ? murmura-t-elle, perdue.

Il l'escorta jusqu'à la voiture, et Sam leur ouvrit la portière en silence. Quand ils furent installés, le chauffeur s'engagea dans le trafic.

— Pour ta gouverne, dit doucement Marco, je ne t'ai pas demandé de m'épouser à cause du bébé.

Eleanora secoua la tête.

— Ce n'est pas le moment...

— Est-il si incroyable de penser que je pourrais t'aimer ?

Sidérée, elle lâcha :

— Il y a moins d'un mois, tu as dit que tu ne te donnerais jamais entièrement à quelqu'un. Ce n'est pas ça, l'amour.

15

Déçu, Marco s'adossa au siège de la limousine et ne prononça plus un mot de tout le trajet. Quand ils entrèrent dans le penthouse, les chats accoururent à leur rencontre.

— Mince, j'ai oublié d'envoyer un SMS à Wisdom !

— Tu n'as que deux ou trois heures de retard pour leur dîner. Ils n'en mourront pas.

Marco comprenait qu'Eleanora ait été blessée par sa demande en mariage, mais il était lui-même tellement dérouté qu'il ne savait pas du tout comment réagir. Il valait mieux qu'elle se repose. Ils reprendraient cette discussion le lendemain… C'est ce qu'il lui proposa et, épuisée, elle accepta de bonne grâce.

Le lendemain matin, elle lui fit comprendre qu'elle n'était pas d'humeur à discuter. Il emmena les chats en promenade, dans l'espoir que l'air frais lui éclaircirait les idées.

Il aimait Eleanora et il voulait l'épouser. Mais il lui avait signifié par le passé qu'il ne se marierait jamais et qu'il refusait de tomber amoureux. Alors, forcément, maintenant qu'il était épris d'elle, elle ne le croyait pas !

Il devait lui faire la cour, pensa-t-il, alors que Sunrise

et Sunset trottaient au bout de leurs laisses. Il tourna à droite, puis entra dans un café, commanda un latte à emporter et se hâta de gagner le parc le plus proche, où il attacha les laisses de ses petits compagnons à un arbre avant de s'asseoir tout près, sur un banc, pour siroter sa boisson chaude.

Il eut beau réfléchir longuement, aucune idée ne lui vint. Alors il détacha les chats et se remit en route, avalant une gorgée de café de temps à autre tandis que Sunset et Sunrise trottinaient à ses côtés. Tout à coup, une idée fit surface et s'imposa : s'il ne mettait pas quelque chose au point avant qu'elle reparte à Rome, tout serait fini entre eux ! Une fois de retour dans son environnement familier, elle reprendrait sa vie, son travail, et ferait des projets sans lui.

Le cœur serré, il regagna le penthouse, en priant pour trouver la force et le courage de jouer son dernier va-tout avant de partir pour le Vermont.

Eleanora profita de ce que Marco était sorti avec les chats pour faire sa valise. Elle avait dormi dans sa chambre, la veille, et continuerait d'y dormir. Il ne lui restait qu'à récupérer ses vêtements et affaires de toilette dans la suite de Marco.

Ses idées s'étaient clarifiées. Sa nuit d'amour avec Marco avait été merveilleuse, et elle en garderait à jamais le souvenir. Mais elle avait eu tort de vouloir partager sa grossesse avec Marco. Elle aurait dû comprendre qu'elle était trop impliquée sur le plan émotionnel pour se prêter à cela. Et qu'elle serait prise à son propre piège si elle prétendait qu'ils étaient sur la même longueur d'onde. Maintenant, elle savait…

Si éperdu que fût son désir d'être aimée de lui, elle savait qu'il n'avait pas de sentiments pour elle, comme le prouvait sa demande en mariage. Un homme qui avait des sentiments véritables pour une femme aurait eu les yeux brillants et la voix tremblante en lui offrant une bague, or elle n'avait pas perçu cela chez Marco.

C'était elle qui l'avait placé dans cette position étrange, comprit-elle alors. Il tenait à elle, et voulait s'impliquer dans la vie de leur enfant, au point d'avoir cru désirer quelque chose dont il ne voulait pas en réalité. Elle devait l'en libérer, redevenir la jeune femme subtile qui savait agir comme il le fallait. Quitte à en souffrir terriblement…

Tandis qu'elle faisait rouler sa valise vers sa chambre, elle se demanda pourquoi elle restait. Son père et sa mère étaient fâchés – plus contre Marco que contre elle d'ailleurs, mais ils lui en voulaient tout de même. De plus, sa sœur viendrait passer Noël chez eux avec ses enfants. Si Eleanora se rendait chez ses parents, son père se lancerait dans quelque diatribe sur le refus du mariage et gâcherait les Fêtes de fin d'année de tout le monde.

Si elle partait maintenant, elle pouvait être à l'aéroport en à peine une heure. Une fois là-bas, elle n'aurait qu'à trouver une place disponible dans un avion et dès le lendemain, elle serait de retour à Rome…

De retour dans le penthouse, Marco découvrit vite que Eleanora n'était plus là. Sa valise avait disparu. Il se laissa tomber sur le canapé, accablé.

Sans elle, l'appartement était froid et mortellement

silencieux. Les chats, si amusants d'ordinaire, semblaient d'humeur maussade. Désemparé, il appela Brandon Feathers, le chef de la sécurité du Grand York.

— Avez-vous la possibilité de savoir si quelqu'un est sur la liste des passagers d'un avion ?

— Comment ?

— Eleanora est en voyage pour Rome. Elle n'a pas pris le jet de la compagnie, dit-il en s'efforçant de prendre un ton professionnel et détaché. Donc, elle a pris un vol commercial. J'aimerais savoir à quelle heure elle arrive pour...

Bon sang, il en avait trop dit ou pas assez ! Heureusement, Brandon le devança.

— Pour pouvoir la joindre ?

— Euh... oui. Désolé. Noël approche, alors l'agenda est un peu bousculé.

— À qui le dites-vous ! lança Brandon, rieur. Je n'ai toujours pas de cadeau pour ma femme.

— Il vous reste encore un jour ou deux.

— Sûrement pas ! On ne peut pas faire les choses à la dernière minute...

Le propos retint l'attention de Marco, il ne savait pas très bien pourquoi. Il n'avait pas de cadeau de Noël pour son père. Ni pour Eleanora... Non, ce n'était pas cela qui le titillait. C'était l'expression « à la dernière minute ». Il avait fallu qu'Eleanora soit en colère contre lui pour qu'il y voie clair. Il avait bel et bien dû lui donner l'impression d'avoir fait sa demande en mariage parce qu'il s'y sentait obligé.

— Donnez-moi quelques minutes et j'aurai le renseignement que vous souhaitez, proposa Brandon.

— Vraiment ?

— Sans problème.

Il raccrocha et attendit que Brandon le rappelle. Quelques minutes plus tard, celui-ci lui communiquait le numéro de vol et l'heure de départ d'Eleanora. Après l'avoir remercié, Marco raccrocha, puis se tourna vers les chats.

— Oui, je vais à sa poursuite ! s'écria-t-il en consultant sa montre. Et j'arriverai à Rome avant elle parce que mon jet est plus rapide !

Quelques instants plus tard, lesté d'un bagage léger, Marco prenait place dans la limousine. Alors que Sam démarrait, Chiara lui envoya un SMS.

Plus que trois jours avant le Vermont !

Il gémit. Il n'avait cessé de s'inquiéter à l'idée que Chiara allait décevoir leur père. Mais ce serait peut-être lui, qui lui ferait faux bond ! Heureusement que, dans sa famille, personne ne se doutait du chaos qu'était sa vie !

Il profita du vol pour dormir, désireux d'être frais et dispos à son arrivée à Rome. Il venait à peine d'atterrir lorsque son mobile sonna. C'était un nouvel appel vidéo de son père. Prenant une grande inspiration, il décrocha.

— Salut, papa !

— Salut, Marco. Je t'appelle seulement pour savoir à quelle heure tu arriveras, le 23.

— Je ne sais pas encore.

— Comment ça ?

— Je serai là, mais je ne connais pas encore l'heure.

— Vraiment ? Il ne doit pas être bien difficile de le savoir, tout de même !

Il avait pensé qu'il serait difficile d'annoncer à son père qu'il avait fait un enfant à Eleanora, mais il serait encore plus difficile de lui expliquer qu'il l'avait convaincue de ne pas envisager un mariage, avant de se raviser et... d'essuyer un refus !

Mon Dieu ! Parfois, il ne se comprenait pas lui-même.

Son père continua à parler et, au bout de quelques minutes, Marco, embarrassé, mit fin à leur conversation en promettant à son père de le rappeler bientôt.

Distrait, Marco descendit du jet pour gagner la limousine. Si sa vie était un chaos, c'était encore plus vrai de sa famille. Ils n'avaient pas passé un seul Noël ensemble depuis trois ans... et semblaient incapables de se réunir

Parce qu'ils n'avaient pas accepté la disparition de sa mère ? Cette pensée le frappa. Aucun d'eux n'avait *accepté* la mort prématurée de sa mère. Il le voyait avec clarté, à présent, non pas parce qu'il avait pris du recul, mais parce que son amour pour Eleanora lui avait donné la force de regarder la vérité en face. Il lui avait parlé de sa mère, le soir où ils avaient dansé dans le hall du Grand York, et les paroles qu'elle avait dites lui avaient apporté la paix. Au bout de dix ans, enfin, il avait fait le deuil de sa mère. Elle lui manquerait toujours, mais sa conversation avec Eleanora l'avait changé.

Auprès d'elle, il n'avait pas l'impression que l'amour était un sentiment fragile, éphémère, comme il l'avait toujours cru, mais au contraire un sentiment profond, durable. Fort de cette conviction, il était prêt à vivre tout ce qu'il pourrait vivre avec Eleanora.

Tandis que son chauffeur le conduisait à l'aéroport international, il comprit qu'il avait toujours aimé Eleonora. Il lui avait fallu tout ce temps pour comprendre qu'elle lui appartenait. Pour l'éternité. Et il avait la ferme intention de le lui dire au plus vite !

16

Eleanora, assise à sa place, attendait d'être autorisée à débarquer. Il y avait foule à l'aéroport à cause des Fêtes de fin d'année, et aucune porte n'avait pu être assignée à leur avion pour le moment, tant il y avait d'affluence. Mais à quoi bon s'agiter ?

Elle eut un accès d'impatience, se rappela qu'elle ne faisait pas partie des privilégiés disposant d'un jet privé. Marco en avait un, lui, songea-t-elle.

Elle regarda par le hublot. Le temps était froid, mais ensoleillé. Pourtant, cela ne valait pas New York. Rien n'était comparable à New York au moment de Noël. Les larmes aux yeux, elle pensa aux patineurs qu'elle avait admirés avec Marco, à leurs pas de danse romantiques autour du sapin du Grand York, et même aux promenades avec les chats.

Elle tenta de se convaincre qu'elle ne pleurait pas parce qu'il allait lui manquer, ou qu'ils avaient raté leur chance de vivre une histoire merveilleuse ensemble, mais parce que la période des Fêtes la rendait nostalgique.

Quand elle put enfin descendre de l'avion, elle se dit que Rome était son royaume, désormais. Elle devait rester loin de New York, loin de Marco.

Sauf lorsqu'il aurait la garde du bébé, car elle ne le priverait pas de la possibilité de connaître et d'aimer son enfant.

Une grande tristesse l'envahit soudain. Elle aurait voulu que Marco l'aime, elle aussi. Si elle avait appris une chose en vivant avec lui, c'était qu'elle méritait d'être aimée à la folie. Elle avait cru passagèrement qu'elle ne trouverait jamais un tel amour, mais elle ne devait pas renoncer à sa quête, dût-elle durer toute sa vie.

Oui, elle trouverait l'amour, mais elle savait aussi qu'elle aurait besoin de temps pour renoncer à Marco. Elle s'accorderait jusqu'à l'année prochaine pour s'abîmer dans le chagrin de l'avoir perdu. Ensuite, elle s'efforcerait d'être forte et d'aller de l'avant.

Après avoir récupéré sa valise, elle se dirigea vers la porte de sortie. La tête baissée sur son mobile pour appeler un taxi, elle s'arrêta juste à temps pour ne pas heurter un homme marchant en sens inverse... Marco ! Dès qu'il l'aperçut, il lui tendit un petit écrin.

— Je sais que je m'y suis très mal pris la première fois, dit-il.

La douceur de son geste n'était pas loin de lui retourner le cœur. Mais elle connaissait Marco. S'il commettait une erreur, il n'avait de cesse de trouver le moyen de la réparer. En bon homme d'affaires.

— Je t'en prie, Marco...

— Non. Je ne te laisserai pas partir ! Tu es la femme de ma vie. Il a fallu que tu partes pour que je m'en rende compte.

Cette fois, elle sentit son cœur chavirer.

— J'ai pris le jet jusqu'ici, j'ai failli avoir un accident

en me ruant à l'aéroport pour te rattraper, pour te dire que sans toi, je suis perdu !

Comment dédaigner de tels propos ?

— Nous avons des affinités, mais aussi des différences, continua-t-il. Nous en avons toujours ri, d'ailleurs. Maintenant, je vois que c'est ce qui fait de nous… eh bien, *nous*. Ces dernières semaines ont été si merveilleuses qu'il n'y a pas de mots pour dire ce qu'elles m'ont apporté.

Eleanora voulait tant le croire qu'elle en avait les larmes aux yeux

— Sans toi, mon cœur cesse de battre. Ma vie est vide. L'appartement est glacial et sans vie. C'est toi qui apportes le soleil dans mon univers.

Comme Marco s'avançait vers elle, ses larmes jaillirent. Glissant l'écrin dans sa poche, il lui prit les mains.

— Je ne sais pas pourquoi je n'ai pas su le voir avant. Peut-être parce que notre entente est si naturelle ? Mais je t'adore, Eleonora. Je veux t'épouser. Et pas seulement parce que nous allons avoir un enfant ensemble. Parce que tu me rends heureux.

Eleanora ne dit rien. Elle se sentait près d'éclater en sanglots. De nouveau, Marco sortit l'écrin, et en retira la bague qu'il lui passa au doigt.

— J'aime à penser que je t'apporte aussi le bonheur.

Avec effort, elle murmura :

— Oui…

Soulagé, Marco l'embrassa. Pour la première fois, la passion se mêlait à une émotion qui dépassait tout ce qu'elle avait pu ressentir jusqu'alors. Envahie par la chaleur de l'amour, elle sentit un frémissement dans son ventre.

Elle eut un léger recul, un soupir étranglé.

— Le bébé a bougé.

— Quoi ?

— Le bébé a bougé !

Elle prit la main de Marco pour la poser sur son ventre, alors que les petits battements qu'elle avait sentis se renouvelaient.

— Ça, alors !

— Je pense qu'il ou elle approuve, dit-elle avec un rire.

— Ou bien, mon timing est parfait !

Elle rit encore, se hissa sur la pointe des pieds pour poser un baiser sur ses lèvres.

— Notre timing a toujours été un fiasco. Mais cette fois, je sens qu'on est synchrones.

— Est-ce que ça signifie que tu gardes la bague ? Que nous sommes officiellement fiancés ?

Eleanora prit une profonde inspiration. Le choc se dissipait, son monde se remettait en place. Cet homme, qu'elle aimait d'amour, l'aimait aussi.

— Je crois que oui !

Un instant, il l'examina. Autour d'eux, la foule affluait vers la sortie.

— On rentre en jet à la maison ?

— J'aimerais me doucher d'abord.

— On pourrait passer la nuit au Grand York ! dit-il en riant.

— Pour que nos employés soient les premiers au courant de nos fiançailles ? Si on prenait une chambre chez un concurrent, qu'on déjeunait au lit demain matin avant de partir ensemble dans le Vermont ?

— Le plan tient la route.

— Comme ça, ton père sera le premier à savoir.

— Je pense qu'il approuvera, dit en souriant Marco.

— Je crois que ta mère approuverait aussi.

Et tout à coup, Marco se sentit en harmonie avec lui-même. Comme s'il était enfin tel qu'il était censé être

Il était heureux que les choses aient tourné de cette manière. Eleanora et lui avaient toujours été faits l'un pour l'autre. Ils s'étaient toujours aimés et soutenus. La bague de fiançailles ne faisait qu'officialiser ce que sa future femme semblait avoir toujours su : ils étaient destinés à vivre ensemble.

Épilogue

Six mois plus tard, par un jour de chaleur torride à Manhattan, Eleanora donna naissance à un beau petit garçon de trois kilos et demi. Ému aux larmes, Marco la gratifia d'un baiser sur le front, puis admira son fils avant de le laisser aux mains de l'infirmière.

— Ma mère disait que les bébés costauds, c'était de famille !

Le médecin éclata de rire.

— La génétique joue un rôle, mais personne ne peut prédire quel genre de couple donnera naissance à un grand gaillard comme celui-ci !

L'infirmière amena le bébé, lavé et langé. Quand Marco vit le petit visage chiffonné, les larmes lui montèrent aux yeux.

— Bienvenue parmi nous, murmura-t-il.

Eleanora, émerveillée, prit leur fils dans ses bras.

— Oh ! mon Dieu ! Si on l'appelait John ? fit-elle.

— Trop sérieux.

— Toby ?

— C'est bon pour un nounours en peluche.

— Antonio, alors...

— Dire qu'en neuf mois, nous n'avons pas été capables de décider d'un prénom !

Le médecin, qui avait enlevé ses gants et s'était lavé les mains, s'approcha du lit et félicita tour à tour Eleanora et Marco.

— Merci pour tout, Gabe, dit Eleanora. Vous avez été formidable.

Marco tressaillit. Il regarda le badge du médecin : Gabriel Montgomery. Ils avaient envisagé, s'ils avaient une fille, de l'appeler Gabriella. Mais ils n'avaient jamais pensé à Gabriel pour un garçon. Or, Marco imaginait très bien un petit Gabe Pearson de six ans attrapant une balle de base-ball, apprenant à faire du skateboard à huit ans, travaillant à dix-sept ans comme serveur dans le restaurant du Grand York pour s'initier aux affaires familiales...

Alors que le médecin quittait la chambre après lui avoir donné une tape sur l'épaule, Marco se pencha pour effleurer la joue toute douce de son fils.

— Que penses-tu de Gabriel ? demanda-t-il à Eleanora.

— Notre médecin ?

— Non. Comme prénom !

Elle rit.

— Je trouve ça parfait.

— Moi aussi.

Marco embrassa Eleanora sur le front. Puis il se pencha vers le bébé qu'elle tenait au creux de ses bras et murmura :

— Salut, Gabriel Pearson !

Vous avez aimé ce roman ? Retrouvez en numérique :

1. *Une alliance pour Noël*, Nina Singh
2. *La promesse d'un hiver*, Susan Meier

Et découvrez la fin de la série dès le mois prochain
dans votre collection Azur !
Un roman signé Jessica Gilmore